新时代高等学校通识课教材

比较文学

蒋丽 编著

西安交通大学出版社
XI'AN JIAOTONG UNIVERSITY PRESS
国家一级出版社
全国百佳图书出版单位

图书在版编目(CIP)数据

比较文学 / 蒋丽编著. —西安 ：西安交通大学出版社，2022.7

ISBN 978-7-5693-2499-0

Ⅰ.①比… Ⅱ.①蒋… Ⅲ.①比较文学—高等学校—教材 Ⅳ.①I0—03

中国版本图书馆 CIP 数据核字(2021)第 278097 号

书　　名 比较文学
BIJIAO WENXUE
编　　著 蒋　丽
策划编辑 王斌会
责任编辑 张　娟
责任校对 李嫣彧
装帧设计 伍　胜

出版发行 西安交通大学出版社
(西安市兴庆南路 1 号　邮政编码 710048)
网　　址 http://www.xjtupress.com
电　　话 (029)82668357　82667874(市场营销中心)
(029)82668315(总编办)
传　　真 (029)82668280
印　　刷 陕西金德佳印务有限公司

开　　本 720mm×1000mm　1/16　**印张** 13　**字数** 166 千字
版次印次 2022 年 7 月第 1 版　2022 年 7 月第 1 次印刷
书　　号 ISBN 978-7-5693-2499-0
定　　价 78.00 元

如发现印装质量问题，请与本社市场营销中心联系调换。
订购热线：(029)82665248　(029)82667874
投稿热线：(029)82668525

目录

第一章　比较文学概述

无论我们是否知晓比较文学这门学科，其实文学的比较早已无处不在。无论是在普通读者的阅读当中，还是在文学鉴赏中抑或是在文学学术的研究中，文学的比较几乎随处可见。当我们探讨某种文学理论在不同民族文学中是否可以通用时，当我们看到一种文学思潮或一部文学作品从一个民族流传到另一个民族，从一个地区传播到另一个地区时，当我们发现各种文体，如诗歌、小说、戏剧在各民族文学中都有类似的发展规律而又各具特色时，当我们察觉文学与其他学科的关系日益密切时，我们就会清楚地意识到比较文学的重要性。

全球化是人类历史发展的必然趋势，文化与文明的交流和交融更加频繁，文学和文化的比较也变得更加明显与迫切。实际上我们每一个人都已自觉或不自觉地陷入了这种交汇的大潮之中，也都必然在文明和文化的交汇和比较中生活着，文学的比较几乎已经无处不在。

第一节 比较文学的定义及特征

比较文学，自 19 世纪从欧洲兴起到现在已经有一百多年的历史了，虽然相对于其他学科发展比较晚，但自其建立以来，尤其是进入 20 世纪后，这门学科不但没有衰退，反而在各个国家蓬勃发展。许多学者都对比较文学产生了极大的兴趣，各种学术成果层出不穷。我国的比较文学研究虽然开始得比较晚，但近几十年以来，在许多学者的努力下，比较文学已经作为一门主修课程进入大学校园。

一、比较文学的定义

（一）比较文学定义的两个误区

首先，从字面上看，比较文学这个名称是由“比较＋文学”组成的，这就给人造成一种错觉，认为“比较＋文学”就是比较文学了，或者有人直接把它理解成文学比较，也就是用比较的方法去进行文学研究。这样看似乎也对，但是比较只是人类思维的基本方法之一，只是人们进行文学对比时非常常见的一种手段而已。文学一经产生，就有了比较这种方法，比如《诗经》，最明显的特点就是赋、比、兴手法的使用，朱熹曾在《诗集传》中对赋、比、兴这三大手法进行解释：“赋者，敷也，敷陈其事而直言之者也；比者，以彼物比此物也；兴者，先言他物以引起所咏之词也。”所谓“以彼物比此物”，为读者进行本体和喻体之间的比较奠定了基础，由此，我们可以看出比较既不是比较文学专用，也不是比较文学独创出来的。

其次，比较文学中文学的含义。文学的概念很多，而对比较文学这门学科来说，文学专指文学研究，而不是文学作品或者文学史。与古代文学、现代文学、中国文学、外国文学、浪漫主义文学、现实主义文学等不同，比较文学中的文学不具有“一般文学创作”或“某一时期、国家或地区的作品”的意义。这是因为，在上述古代文学等术语当中，文学一词已失去了旧有的知识或文学研究的意义。受比较生理学、比较解剖学等的启发而产生的比较文学这一术语，其中的文学一词恢复了旧有的含义。简而言之，比较文学中的“文学”是特指一种文学研究，而不是现在一般所指的文学创作或文学作品。因此，望文生义，认为比较文学同古代文学等一样，是指某种文学创作或文学作品，显然是不正确的。比较文学不是一个文学种类，而属于文学研究的一个分支。

（二）各国学派对比较文学的定义

1.法国学派的定义

法国学派的定义：比较文学是国际文学关系史，是跨国文学的影响关系。

法国学派是最早的比较文学学派，形成于19世纪末20世纪初。其主要代表人物有巴登斯贝格、梵·第根、伽列（又译卡雷）和基亚。从定义上可以看出，法国学者主张比较文学只限于国际文学关系史，只研究文学的影响关系，而不能进行没有影响关系的平行研究。伽列在为他的学生基亚所著的《比较文学》一书撰写的序言中强调：“比较文学的定义有必要再一次加以廓清。……并非随便什么事物，随便什么时间地点都可以拿来比较。……比较文学是文学史的一个分支；它研究在拜伦与普希金、歌德与卡莱尔、瓦尔特·

司各特与维尼之间,在属于一种以上文学背景的不同作品、不同构思以至不同作家的生平之间所曾存在的跨国度的精神交往与实际联系。"[①]伽列强调:"比较文学主要不是评定作品的原有价值,而是侧重于每个民族、每个作家所借鉴的种种发展演变。"[②]伽列甚至认为,没有文学关系和文学影响,就没有比较文学。基亚更进一步地缩小比较文学研究的内容,提出:"比较文学就是国际文学的关系史,比较文学工作者站在语言的或民族的边缘,注视着两种或多种文学之间在题材、思想、书籍或感情方面的彼此渗透。"[③]

2. 美国学派的定义

美国学派的定义:比较文学是跨国界、跨民族、跨学科的文学研究。

从今天的学术观点来看,法国学派只讲文学国际影响关系史,彻底否定平行研究的比较文学学科理论,显然是狭隘的。一百多年来,国际比较文学界对比较文学的定义一直处于争议之中。各国的学者为了寻求这个答案进行了长期探索,却始终没有找到一个圆满的权威性的结论。19世纪后期,美国学者韦勒克等人明确提出美国比较文学学派的比较文学定义,奠定了美国学派的基本理论特征及方法论。

最具有代表性的是美国的比较文学学者雷马克在《比较文学的定义与功用》中对比较文学所下的定义。

> 比较文学是超出一国范围之外的文学研究,并且研究文学与其他知识和信仰领域之间的关系,包括艺术(如绘画、雕刻、建筑、音

---

① 伽列:《〈比较文学〉初版序言》,载北京师范大学中文系比较文学研究组选编《比较文学研究资料》,李清安译,北京师范大学出版社,1986,第42-43页。

② 伽列:《〈比较文学〉初版序言》,载北京师范大学中文系比较文学研究组选编《比较文学研究资料》,李清安译,北京师范大学出版社,1986,第43页。

③ 基亚:《比较文学》,颜保译,北京大学出版社,1983,第4页。

乐)、哲学、历史、社会科学(如政治、经济、社会学)、自然科学、宗教等。简言之,比较文学是一国文学与另一国或多国文学的比较,是文学与人类其他表现领域的比较。[①]

从雷马克的这一定义中,可以看到,他认为比较文学具有两个层面上的意义:第一,比较文学是一国文学与另一国或多国文学之间的比较。第二,比较文学是文学与人类其他表现领域的比较。其他表现领域用现在的术语表达就是跨学科。根据雷马克的观点,实际上可以用一句话来定义比较文学:比较文学是跨国界、跨民族、跨学科的文学研究。

可以说,雷马克在当时对比较文学所下的这个定义是比较准确和清晰的,基本涵盖了比较文学的实质和内涵。因此这个定义得到许多国际比较文学研究者的认可,影响非常大。随着比较文学研究的进一步拓展,以及比较文学这门学科自身的调整与规范,各国学者也不断地用自己的思考和研究,推动着比较文学定义的成熟和规范。

3. 中国学者的定义

中国学者的定义:比较文学是跨民族、跨学科与跨文明的文学研究。

随着跨文明交流的日益深入,又出现了新的问题,那就是,具有明显异质性的不同文明之间的文学是否可以比较呢?我们对这种异质性又应该抱着怎样的态度呢?习近平在纪念孔子诞辰 2565 周年国际学术研讨会上用“物之不齐,物之情也”来论述世界文明的多样性,并指出:“我们应该维护各国各民族文明多样性,加强相互交流、相互学习、相互借鉴,而不应该相互隔膜、相互

① 雷马克:《比较文学的定义与功用》,载北京师范大学中文系比较文学研究组选编《比较文学研究资料》,张隆溪译,北京师范大学出版社,1986,第 1 页。

排斥、相互取代，这样世界文明之园才能万紫千红、生机盎然。”[①]中国学者始终贯彻“和而不同”的学术理念，倡导展开不同文明之间文学的对话与比较，提出了异质性和变异性的比较文学可比性观念，进一步丰富和拓展了比较文学的定义。

随着比较文学研究的推进，中国学者开始撰写教材，研究比较文学学科理论，并纷纷提出了比较文学的定义。应当说，中国早期的比较文学定义主要还是照搬西方的定义，这或许是不可避免的。例如，我国大陆第一部比较文学著作是卢康华、孙景尧在 1984 年出版的《比较文学导论》，该书引用了季羡林和钱钟书对比较文学的定义，指出：“‘什么是比较文学?’现在我们可以借用我国学者季羡林先生的解释来回答了：‘顾名思义，比较文学就是把不同国家的文学拿来加以比较。这可以说是狭义的比较文学。广义的比较文学是把文学同其他学科来比较，包括人文科学和社会科学，甚至自然科学在内。’”[②]该书又接着指出：“我们认为最精练易记的还是我国学者钱钟书先生的说法：‘比较文学作为一门专门学科，则专指跨越国界和语言界限的文学比较。’更具体地说，就是把不同国家不同语言的文学现象放在一起进行比较，研究它们在文艺理论、文学思潮、具体作家、作品(包括形象、主题、题材、体裁、艺术手法、语言、风格、情节等)之间的相互关系与影响。”[③]陈挺在 1986 年出版的《比较文学简编》中则分出了“狭义”与“广义”的比较文学概念：“通常讲的比较文学是狭义的，即指超越国家、民族和语言界限的文学研究。狭义的比较文学研究两种或两种以上民族(国家)文学之间的相互影响、相互关系，找出它们之间的异同及其原因，通过这些影响、关系和异同的研究，认识

---

① 习近平：《在纪念孔子诞辰 2565 周年国际学术研讨会暨国际儒学联合会第五届会员大会开幕会上的讲话》，《人民日报》2014 年 9 月 25 日。

② 卢康华、孙景尧：《比较文学导论》，黑龙江人民出版社，1984，第 14 页。

③ 卢康华、孙景尧：《比较文学导论》，黑龙江人民出版社，1984，第 14－15 页。

各民族文学各自的特点，探索世界文学发展的共同规律。广义的比较文学还可以包括文学与其他艺术形式（音乐、绘画、雕刻等）、与其他意识形态（政治、历史、哲学、宗教等），甚至与自然科学之间的相互关系的研究。”[①]以上定义，基本上是对西方比较文学定义的沿用。

随着比较文学在中国的迅速发展，中国学者不再满足于亦步亦趋地复述西方的定义，开始探讨有自己特色的定义。乐黛云于1988年主编的《中西比较文学教程》中就有明确的新看法：“比较文学不应受到语言、民族、国家、学科等限制，而要走向一种开放性，力图寻求世界文学发展的共通规律。”[②]进入20世纪90年代以后，比较文学学科定义得到了进一步发展，学者们提出了若干新定义。陈惇、孙景尧、谢天振主编的《比较文学》一书中指出：“把比较文学看作跨民族、跨语言、跨文化、跨学科的文学研究，更符合比较文学的实质，更能反映现阶段人们对于比较文学的认识。”[③]曹顺庆主编的《比较文学教程》提出了如下比较文学定义：“比较文学是以世界性眼光和胸怀来从事不同国家、不同文明和不同学科之间的跨越式文学比较研究。它主要研究各种跨越中文学的同源性、变异性、类同性、异质性和互补性。”[④]以上这些比较文学教材对比较文学定义的探讨，无疑显示了中国比较文学学科理论的进步。

与法国学派、美国学派不同的是，中国比较文学学者特别倡导跨文明的文学对话和比较，并将异质性与变异性作为比较文学的可比性的基础。基于此，本教材吸取前人学科理论成果，根据中国比较文学研究实际，对比较文学的定义作出了如下的概括：比较文学是不同民族、不同学科、不同文明之间的跨越性文学比较研究。

---

① 陈挺：《比较文学简编》，华东师范大学出版社，1988，第2页。

② 乐黛云主编《中西比较文学教程》，高等教育出版社，1988，第33页。

③ 陈惇、孙景尧、谢天振主编《比较文学》，高等教育出版社，1997，第9页。

④ 曹顺庆主编《比较文学教程》，高等教育出版社，2006，第30页。

该定义既继承了法国学派和美国学派的定义，继承了传统的影响研究、平行研究和跨学科研究，又补充了跨文明研究，并以同源性、类同性、异质性作为可比性的基础，既认同“求同”也强调“求异”，强调文学变异研究。这一定义吸取了法国、美国学派定义的主要内容，同时考虑到在经济全球化和国际化日益增强的今天，我们更要注重文化与文明的多元化。实际上，在比较文学界，跨异质文明研究逐渐占据越来越重要的地位。结合当前比较文学在东方迅速发展的新动态，该定义进一步强调了跨文明研究，继承和发扬了马克思、恩格斯的“世界文学”概念，努力建立一个平等、多元、有效的不同文明文学比较的方法论，搭建跨文明对话的平台。这必将有利于东方优秀的民族文学及传统文化真正为世界所了解和认识，有利于促进东西方的文学交流和文化发展，有利于迎接世界文学新阶段的到来，最终推动各民族文学及世界文学真正走向一条和谐共生的发展之路。

二、比较文学的特征：跨越性、开放性、汇通性

（一）跨越性

所谓跨越，就是不仅要跨越国家和民族文学之间的边界，还要跨越文学与其他学科之间的边界，使不同国家和民族的文学与非文学学科进行具有颠覆意义的沟通和对话。

比较文学的跨越性体现在文学与相关学科的互相兼容，这种现象在19世纪后期达到高峰。19世纪自然科学领域的三大成就——能量守恒定律、生物进化论和细胞学说——对文学创作产生了巨大影响。在科学精神的影响下，“准确”“精细”一时间成为文学创作的准则。对数字的精确追求和对虚假的

憎恶成为司汤达、巴尔扎克和福楼拜一生的追求。这种对科学的追求在自然主义大师左拉那里实现了飞跃。左拉对文学创作中的科学性和真实性的重视,对生物学和遗传学手法在文学中的运用等,都是因为受到自然科学的影响。他的文学巨著《卢贡-马卡尔家族》就是生物学、遗传学与文学的混血儿。这部由二十部长篇小说组成的文学长卷,与其说是文学著作,不如说是科学著作。读者从中感受到的,与其说是文学的知识,不如说是生物学和遗传学的知识。

再比如刘慈欣的《三体》三部曲:《三体》《黑暗森林》《死神永生》。三部曲大量展现了科学技术,将科技元素与技术细节的运用发挥到了极致,不仅让人耳目一新,还给读者带来强大的冲击力和一种崇高感。小说里面描写的那些尖端科技,表达了作者对科学精神的崇拜和对科学理性的追求。小说中科技元素随处可见。比如说三体人的形象,不再是具体的人像,还有二向箔黑域、曲率飞船、质子形象,甚至用六维空间刻画出整个宇宙空间。小说不仅涉及科技,还有对宇宙空间的描绘与探索,并且将人类置于末日危机中,以此来激发人类的忧患意识,以及对宇宙的敬畏感,从而体现作者对人类终极命运的思考。

(二)开放性

比较文学的横向交叉使这门年轻的学科既关心自己,也关心他人;既关心本国,也关心他国;既关心本族,也关心他族;既知己,也知彼。

例如在 19 世纪俄罗斯文学的人物画廊中,有一组独特的群像——“多余人”。如普希金笔下的奥涅金、莱蒙托夫笔下的毕巧林、屠格涅夫笔下的罗亭、冈察洛夫笔下的奥勃洛摩夫等。多年以来,人们似乎已经认可“多余人”就是俄罗斯文学的特产。如今,当我们用比较文学的理论,将目光向其他国家的文学横向拉开时，就会发现“多余人”并非俄罗斯文学的专利。19世纪法国文坛的“世纪病”患者，19世纪英国文坛的孤独、冷漠的漂泊者，20世纪法国文坛的“局外人”，无一不是那个时代的“多余人”。虽然其称谓有所不同，所处的国度和时代有所不同，但其“多余人”的本质却是一致的。在我们审视中国作家郁达夫笔下的大小人物时，竟然也会发现那些被称为“零余者”的典型与“多余人”一脉相承。而钱钟书笔下的“无用人”之典型方鸿渐则是中国现代文学史上“多余人”形象的登峰造极之作。

（三）汇通性

比较文学通过文学比较途径，以沟通不同文化的生命形式和不同的体验形式，促进文化多元共存，走向世界文学。

比如，“多余人”和阿Q等形象不是一个国家所特有的，如果一些国家具有相似的社会背景和时代特点，就会产生相似的人物形象。所以不仅要把这些人物形象在不同的国家找出来，把他们的特征挖掘出来，最重要的，还要对这些形象形成的原因加以分析，如时代背景、民族文化特征等。最后要对这一类人进行整体比较，并作出评价。

三、易混淆概念解析

（一）民族文学

民族文学指在某一民族土壤上产生的具有自身独特的历史传统和民族特色的文学。它受制于本民族的文化背景，由民族的政治、社会、心理、语言等条件所决定，同时也反映了本民族的审美心理和美学品格。民族文学在单民族国家中，与国家文学一致；在多民族国家中，是国别文学的一部分，也是总体文学的要素，世界文学的有机组成部分。

（二）国别文学

国别文学又称国家文学，是按照国家这个政治概念人为划分的文学单元。它可以由多种民族文学构成，也可以是单一民族文学。国别文学往往以统一的语言作为创作语言。如中国文学、美国文学、埃及文学等。国别文学往往是比较文学进行跨文化研究的实体对象。

（三）总体文学

总体文学又称一般文学，强调通过多种文化的文学本质研究某种共同性的文学现象，一般以三种以上的民族文学或国别文学为研究客体，并且这一研究客体在历史短期的共同性上，表现为多种民族与多种国家所形成的共同文学思潮与共同文学流派。这些共同的文学思潮中共同的文学流派随着在空间上的伸展，在地理上的扩张，已从纯粹的文学作品整合，升华到文学理论、文学批评、诗学与美学的高度。总体上来讲，总体文学是指为探求文学的普遍规律，对所有文学现象进行全面、综合的文学研究，与常义上的“文学理论”同义。比如，我们所说的后现代主义、解构主义、后殖民主义都属于总体文学范畴。

（四）世界文学

世界文学有三种含义：一是歌德的定义，他最先使用世界文学这一术语，其本意是希望有一天各国文学将合而为一，成为一个伟大的综合体，而每一个国家的文学都在这样一个全球性的大合唱中演唱自己的一个声部。他还认为在人类精神财富的交流方面，世界文学比民族文学能发挥更大的作用。但歌德自己也认识到这只是一个遥远的理想，因为任何一个民族都不可能也不愿意放弃自己的民族个性，比较文学研究的目的正是要丰富和弘扬这种个性。从这种意义上来说，比较文学研究不能将这样的世界文学作为自己的终极目标，但从历史的角度来看，世界文学这一早期概念无疑对比较文学研究的产生有一定的启迪作用。世界文学的第二种含义是指那些获得了世界声誉的作家和作品，如荷马、但丁、塞万提斯、莎士比亚、歌德、巴尔扎克、托尔斯泰、泰戈尔、曹雪芹、鲁迅、老舍、巴金等作家及其作品，这些名家与他们的名作在文学史上声名显赫、影响深远，极大地充实了世界文学宝库，在此意义上的世界文学无疑是名家荟萃和名著选评。按此理解世界文学不必有明确的比较意识，只要将研究重点放在一个个重要的作家与作品上就可以了，而比较文学研究却将重点放在比较上，它研究莎士比亚和塞万提斯、巴尔扎克和托尔斯泰时，绝非对每一位作家进行孤立的研究，而是将之放在比较的背景中。此外，比较文学研究并不轻视二三流的作家及作品，而这正是这一意义上的世界文学不屑或不愿意顾及的，可见比较文学同世界文学的第二种含义也是有区别的。世界文学的第三种含义是各国文学的汇总，而不管这些文学是否具有世界地位和不朽性。这一含义同比较文学很接近，但仍同比较文学有本质的区别，那就是它并不强调从比较的角度去研究。

从性质上说，民族文学、国别文学、世界文学是文学创作的作品（文本）形态；比较文学和总体文学是文学研究，是理论形态。比较文学和总体文学以民族文学和国别文学为研究基础，以构建新的世界文学为目标。

第二节　学习比较文学的目的与意义

人们可能会有这样的疑问：学习比较文学的意义何在？以下从拓宽知识视野、塑造立体视角、培养创新意识等方面就学习比较文学的目的与意义展开论述。

一、比较文学可以拓宽人们的知识视野

比较文学是一门与很多知识领域有密切关联的边缘学科。从古到今，文学的发展和繁荣从来都不是孤立的。在古代，文史哲不分家，很多作品既是文学著作，也是历史著作，同时也是哲学、伦理学著作。到了欧洲启蒙运动时期，这种身兼数职的现象更为普遍：孟德斯鸠、伏尔泰、狄德罗、卢梭等启蒙运动大师，既是思想家、美学家，又是历史学家、哲学家和文学家，他们的著作当然就是融合各学科的混合体。当时间推进到20世纪后半期之时，以跨学科研究为己任的比较文学就毫不犹豫地将人类“其他知识及信仰领域”揽入自己的研究范围：文学与艺术、文学与心理学、文学与历史、文学与哲学、文学与伦理学、文学与自然科学等几乎都进入了比较文学的视野。虽然这种趋势引发了20世纪末波及全球的“泛文化”倾向，也给比较文学研究带来了不小的困惑与危机，但同时也是一件好事，因为这是学习者和研究者拓宽知识视野不可

多得的良机。

二、比较文学可以塑造人们的立体视角

比较文学是一门以注重横向、注重交叉、注重联系为己任的学科。

传统的知识结构是纵向的，呈现的视角是狭长的。在传统的文学知识的领域中，中国古代文学就是一条“先秦文学—两汉文学—魏晋南北朝文学—唐宋文学—元明清文学”纵向流淌的长河。沿着这条绵延流动的文学动脉，我们在历史的隧道中从遥远的古代走来，将中国各个历史阶段的文学一一摄入我们的视野之中。中国文学史，这条纵向的文学之河呈现给我们一个纵向的视角。同样，欧洲文学史也是一条纵向流淌的河：“古希腊文学—中世纪文学—文艺复兴文学—古典主义文学—启蒙文学—浪漫主义文学—现实主义文学—现代主义文学—后现代主义文学”。如此单向的发展脉络同样呈现给我们一种单向的文学视角。这视角是狭长的，使中外文学各自为战。这视角是平面的，使我们只能身处文学的长河中，以平视的目光审视平面的文学现象。

如今，比较文学走进了人们的视野，带给人们一种审视文学的新视角。如果说传统的文学研究是独木桥的话，那么比较文学则搭建起一座立交桥；如果说传统的文学研究带给人们的画面是一维的话，那么比较文学就是透视性极强的多维空间；如果说传统的文学研究只能培养人们的平面视角的话，那么比较文学带给人们的则是立体的视角。比较文学的横向性与交叉性使这门年轻的学科既关心自己，也关心他人；既关心本国，也关心他国；既关心本族，也关心他族；既知己，也知彼。这种多维的、横向的、交叉的、立体的视角会给予人们多角度的启发。

三、比较文学可以培养人们的创新意识

大学生创新意识的培养与大学课程本身是否具有创新意识密切相关。而这一切的根本就在于大学课程带给学生的是什么样的思维模式。是传统的，还是现代的？是守旧的，还是前卫的？是单向的，还是双向的？是被动接受的，还是主动汲取的？

传统的教学模式是相对固定的。仅以文学教学为例，无论是中国文学教学还是外国文学教学，都被局限在“概述—重点作家—生平—创作—代表作品—思想内容—人物形象—艺术特色”的模式之中。即便是如今大力提倡的多媒体教学，也不过是由过去的人工板书变成了电子板书，再加上几幅或静止，或流动的图像而已。过去是教师讲，学生听；教师写，学生记。如今是教师放，学生看。除了偶有新颖的画面和动听的音乐可能会带给学生一点惊喜外，似乎没能从根本上解决创新意识的培养问题。因为固定的套路没有变，有意识地引导学生发现问题的新模式并没有形成。

创新意识的培养并不在于形式的多变，而在于内容的革新，在于一门课程的教学能不能带给学生真正意义上的思考，能不能使学生主动去发现问题。只有学生主动去思考，主动去发现问题、探索问题，创新意识的培养才真正具有了可能性。

比较文学就带来这种可能性。想想看，当我们固守一种套路，坚持一种模式，在一条路上“顽固不化”地走到底的话，会导致什么样的后果呢？不是思维老化，就是头脑僵化；不是审美疲劳，就是兴趣全无。因为在一种一成不变的视野和思维模式下，人们除了不断地重复老话，不断地变换言说的口气外，很难再发现新的领域，很难再找到新的突破口。在这种前提下，不用说培

养创新意识，就连提出问题的念头恐怕都不会产生了。试试看，当我们换一种思路、换一种模式，在比较思维的引导下，尝试一下比较视野中的观察与思考的话，又将会有什么效果呢？思维被激活了，头脑被激活了，审美情感被激活了，兴趣爱好也被激活了。多维的空间带给我们多重的想象，多维的想象带给我们多重的思维，多维的思维激发我们多重的思考，多维的思考促使我们从多维的角度、多维的领域去开辟多维的天地，发现多维的课题。正是在这多维的空间里，一个个新的创意不断产生。

古希腊悲剧是一个古老的领域。在世界文学课程中，比较成熟的教学模式是以介绍埃斯库罗斯（古希腊悲剧之父）、索福克勒斯、欧里庇得斯为主。其中又以索福克勒斯及其《俄狄浦斯王》最具代表性。其戏剧冲突、戏剧结构、对命运的思考似乎已有定论，似乎已经无法再发现什么新意，形成什么新的思考了。

但是，当我们将这个古老的话题纳入比较文学的视野之内，就会发现，《俄狄浦斯王》并没有随着时光的流逝而定格，而是沿着时光的隧道一直走到今天。

从戏剧冲突看，《俄狄浦斯王》的命运观不但没有消失，而且在 19 世纪挪威作家易卜生和 20 世纪中国作家曹禺的作品中被延续和激活。在易卜生的"社会问题剧"《群鬼》中，一家两代人的"鬼影"始终在摧残阿尔文太太这个不幸的女人，让她在命运的火海中痛苦而绝望。这种命运所导演的悲剧到了 20 世纪，在曹禺的悲剧《雷雨》中得到了现代化的诠释。剧中的大小人物，几乎都被命运一次次嘲弄；周鲁两家三十年的恩怨，似乎都是命运在一次次作怪。"命，不公平的命"就这样从远古走来，在不同时代、不同民族的戏剧舞台上一次次扮演着制造悲剧的角色。

从戏剧结构看，《俄狄浦斯王》首创了一种高度浓缩戏剧冲突的艺术手法：追溯式。这种类似于小说创作中的"倒叙"的手法，一经运用在戏剧创作中，就既加快了戏剧的节奏，完善了戏剧结构，也增强了戏剧的感染力。到了19世纪后半期，易卜生在《玩偶之家》和《群鬼》中，将这种追溯式的戏剧手法运用得淋漓尽致，使观众在大幕拉开之时就进入剧情，并且在不断地追溯中完成对全剧的欣赏。20世纪，曹禺又将这种手法创造性地搬上了中国的舞台，并且在《雷雨》中将其发展到高峰，使观众在追溯中了解周鲁两家三十年前的恩怨，又在追溯后目睹周鲁两家三十年后的结局。古老的艺术手法就这样在现代的艺术中得到复活。

在比较的视野中，《俄狄浦斯王》带给人们的是现代人对命运的思考、对戏剧手法的演变的思考、对希腊神话中艺术原型的思考，乃至对"俄狄浦斯情结"的思考，等等。在这种不断追求创新的思考中，人们的思维会发生不同于以往的转变：从思维的转变中开始学会发现问题，从不断发现问题中学会探索问题，从不断探索问题中学会解决问题，而一个问题的解决又往往预示着下一个新的问题的开始。这在一定程度上不能不归功于比较文学。

四、比较文学有助于多元文化的发展

遏止文化霸权和文化割据危机的关键之一就在于加强生活在不同文化中的人民的沟通，通过对话使他们能互相理解、互相尊重，以至互相欣赏。正如费孝通先生所说的："各美其美，美人之美，美美与共，天下大同。"文学从来都是文化沟通和文化对话的重要途径之一。因为从某种程度上来讲，文学是研究人的，研究人和人的关系，研究人的灵魂的。不管是哪一国的文学，都与研究人有关。只要是人，就有七情六欲，就有共同的生命形式，如人和人的关系、人和自然的关系、人和命运的关系等。这样的生命形式对全世界的人来说都是一样的，只是处理问题的方法不同、方式不同，价值观也不同。我们可以通过谈论文学，谈论人的关系，来加强沟通，互相理解、互相宽容。人类的体验形式也有很多相似之处，不管是什么人，都有欢乐、有痛苦、有幸福、有忧伤、有爱恨、有生死、有离合……这样的人类体验无论东方人和西方人都会有，因此在这些问题上就较容易产生共鸣。文学是可以沟通人的灵魂的，它是沟通不同文化的重要途径。比较文学通过文学途径，以沟通不同文化的生命形式和不同的体验形式为己任。要解决世界问题，首先要了解不同文化对某一问题的不同看法，否则就可能引起误解和冲突。

五、比较文学有助于扩展人们的精神世界

当今世界，国际秩序变动，不稳定因素增加，对自然的破坏进一步加剧，追逐权力和利润成了很多人生活的最高目标，人们的精神世界被大大压缩。

在这种情况下，扩展人们的精神世界，使之复归于丰富和美，确实是当务之急。比较文学注重通过多元文化欣赏不同之美，在体会不同之美中感受更多的快乐。只欣赏中国文学，那欣赏范围就很狭窄，因为不知道外国文学也提供了很多很有意义、有趣味的欣赏对象。如果把不同文化中相同主题的作品放到一起欣赏，就会得到不一样的乐趣。

很多人都喜欢欣赏月亮。中国人对月亮很看重，有很多关于月亮的诗。中国的月亮诗大多是很富有哲理的。特别是李白的诗，他把月亮和很多哲理结合在一起，比如通过月亮把人生的短暂和自然的永恒加以对比。他写道："今人不见古时月，今月曾经照古人。古人今人若流水，共看明月皆如此。"人世经过许多沧桑，而明月依旧，给人很多感慨！

日本诗人明惠上人是日本镰仓时代的高僧，有"月亮诗人"的美称。他写月亮，很少涉及哲理，而是动情地表达与月亮无间的亲密。他写过："山头月

落我随前，夜夜愿陪尔共眠。”和月亮一起入睡。这两句的后面又说“心境无翳光灿灿，明月疑我是蟾光”，“我”的心境是那么清纯明亮，“我”和月亮是那么亲密，连明月都怀疑我就是月亮本身了！日本著名文学家川端康成认为日本这位“月亮诗人”讲得非常好，他非常喜欢他写的诗，认为它们集中代表了日本民族的审美趣味。这是另外一种欣赏方式。

再看希腊神话里对月亮的欣赏。在希腊神话里，月亮是一个非常漂亮的女神。他们对这个女神的形象有多种描述，一种说法是这个女神戴着新月冠，身披长袍，戴着面纱，乘坐一辆由两匹神马拉动的月车在夜空中飞驰。

欧洲的近代诗歌又有不同的表述。法国诗人波德莱尔的诗集《恶之花》中有一首非常有名的诗，题目是《月亮的哀愁》，写得很美，完全把月亮拟人化了。在诗人笔下，月亮是一个忧愁的女人。这首诗说“今晚月亮进入无限慵懒的梦中，像在重叠的垫褥上躺着的美人”，月亮周围有许多白云，有如羽毛坐垫。诗歌描写月亮在漫不经心地抚摸着自己，在入睡之前，觉得很悲哀，她就面向地球，让她的眼泪悄悄地流向大地（隐喻月光）。这时，一位虔诚的失眠的诗人，面对着月亮，把这苍白的泪水捧在手掌上，好像猫眼石碎片。他把它放在心里，那是太阳照不到的地方。这就和明惠上人的月亮诗很不一样，明惠上人的诗是人与月亮合为一体，这首诗是把月亮拟人化。它和李白的月亮诗、希腊的月亮神话也不一样，不是对永恒与神圣的描写，而是写一种月亮和人的美好的世俗关系。由此可见，虽属同一主题，但不同时代、不同国家、不同民族的文学作品，风格可能会大为不同。

千百年来，人类创造的精神文明实在是太丰富了。比较文学就是帮助大家找到一条在对比中欣赏各种文学的路径，让人们能够更好地去欣赏人类所创造的各种精神财富。另外，比较文学有助于人们通过多元视角更好地了解自己。在一种封闭的环境认识自我，很难避免局限性，人们要更充分地认识自己就需要跳出自身，进入一个文化多元的空间。

例如看山，中国著名诗人苏东坡说："横看成岭侧成峰，远近高低各不同。不识庐山真面目，只缘身在此山中。"事实上，无论视角不同，还是年龄、心情不同，看到的山都会有所不同。要真正认识文学，就只有跳出文学，保持一段距离，这样，才能真正理解比较文学的精髓。

思考题

1. 什么是比较文学？比较文学的主要特征是什么？

2. 辨析比较文学、世界文学与总体文学的异同。

第二章　比较文学的历史和现状

在文学界，很早就有人关注文学的比较研究，但作为一门学科的比较文学则是在19世纪末期才正式产生。一百多年来，它经过了三个发展阶段：19世纪末期到20世纪50年代是第一阶段；20世纪50年代末到20世纪70年代是第二阶段；20世纪70年代至今是第三阶段。

比较文学是一门开放性的学科，它富有开拓精神，善于吸收思想界、文学界的新观念、新理论和新方法，不断进行自我更新，因此，一百多年来，它始终处在发展变化之中。它在不同的阶段表现出不同的形态，无论是指导思想、研究对象，还是研究方法，都有很大的变化。比较文学的发展好比是一个蜕变的过程，每当它成长到一定阶段，原有的定型成为进一步发展的桎梏时，它便努力蜕变从而获得新生。整个比较文学的发展过程就是一次次突破既定的界限而逐步走向完善的蜕变过程。当然，这些变化并不是自然发生的，而是经过学者们的艰苦探索和深入探讨才得以实现的。

第一节　比较文学的诞生

如同其他学科，比较文学在人类文明史上也是源远流长、历史悠久，经过长久的孕育，才在适宜的气候和土壤中，逐渐枝繁叶茂，开花结果。

从整个人类文明史看，比较文学最早可追溯到古巴比伦时期。古巴比伦人改编苏美尔人口耳相传的神话和史诗里的题材以创作自己的民族史诗《吉尔伽美什史诗》，这是把现代比较文学中所谓“题材史”的研究用于史诗的创作之中。古希腊著名学者亚里士多德在《诗学》中运用了求同辨异的比较方法。古罗马的贺拉斯在其《诗艺》中把希腊、罗马文学两相比较，号召作家们“勤学希腊典范”，并把维吉尔比作荷马，将普劳图斯与阿里斯托芬进行比较。古罗马文学有意借鉴、模仿古希腊文学，所以古罗马作家、理论家，经常会比较两个时代在民族语言文学等方面的异同。此后这种比较方法相沿成习，在各个时代、各个国家常见运用。

到了中世纪，由于共同的宗教信仰（基督教）和共同的语言（拉丁语），欧洲各民族几乎形成了一个文明共同体。中世纪后期，随着神权松动，民族意识的增强，各民族之间的差异渐渐受到重视。

到了中世纪晚期和近代，文艺复兴运动用人文主义影响着欧洲的作家。欧洲的作家一方面积极吸收民族文化和民间文化的精华，一方面试图挖掘和复兴古希腊罗马文化的传统。欧洲各民族之间的文化交流也加强了，到了18世纪，法国的启蒙运动，使得欧洲各民族之间的接触更加活跃。

18世纪的欧洲又掀起了“中国热”，伏尔泰把中国的元杂剧《赵氏孤儿》同欧洲同类剧作进行比较，并改编和创作了《中国孤儿》，产生了较大的影响。

18 世纪下半叶和 19 世纪初叶席卷全欧的浪漫主义文学思潮有利于比较文学的生长。浪漫主义是一种影响全欧的文学思潮，它比文艺复兴和启蒙运动范围更广，那一时期莎士比亚、但丁、拜伦、雪莱、歌德等的作品被译成各种文字在欧洲大陆传播，同时文学史和民间文学史研究也都流行于整个欧洲。正是这一思潮催发了比较文学这门新兴学科的诞生。

另外，19 世纪自然科学、社会科学边缘交叉关联学科的影响，也促进了比较文学的产生。当时出现了比较语言学、比较神话学、比较哲学，特别要提到的是比较解剖学的奠基人居维叶。这种比较的分析，对比较文学诞生具有促进和催生的作用。这里必须要提到两个人：一个是法国学者威尔曼，他被称为比较文学之父，因为他在 1827 年在巴黎大学开设了题为“18 世纪法国作家对外国文学和欧洲思想影响”的讲座，在这个讲座上，威尔曼阐述了孟德斯鸠、伏尔泰、卢梭等对欧洲各国的一些影响，1838 年，他正式使用了比较文学这一概念；另一位是法国学者安培，他的主要贡献是把法国学派注重的历史意识贯穿于比较文学建设的研究当中。这两位法国人为比较文学的建立作出开拓性的贡献。

我们把比较文学学科建立的标志归结为三点：

一是理论著述。1886 年英国人波斯奈特出版了《比较文学》专著，1899 年编订了比较文学书目，这在资料研究方面为比较文学学科奠定了基础。

二是进入大学。比较文学成为独立学科的另一标志就是进入了大学课堂。1897 年，法国学者戴克斯特在里昂大学开设了比较文学讲座，他本人也成为第一个比较文学教授。哥伦比亚大学于 1899 年设立了第一个比较文学系，后来，哈佛大学于 1904 年设立了比较文学系。

三是国际会议。国际会议的召开推动了各国的比较文学研究热。1900 年巴黎召开的国际性学术会议的一个重要议题即是“各国文学的比较历史”，这意味着世界文坛对比较文学的承认。

第二节　比较文学的发展

可以说，在19世纪末20世纪初，比较文学作为一门学科的地位已经确立。国外比较文学的发展主要涉及法国学派和美国学派。

一、法国学派

法国学派代表人物有巴登斯贝格、梵・第根、伽列和基亚。巴登斯贝格是第一个系统采用考证方法研究外国文学对法国文学的影响的学者。他治学严谨，强调实证研究，所以他的研究成果被认为是法国比较文学的典范之作。巴登斯贝格同时又是一个组织者和领导者，他和同人共同创办了《比较文学评论》，这个杂志主持出版了"比较文学评论丛书"，还创建了法国巴黎大学现代比较文学研究院。比较文学能在不长的时间里，成为几所重要大学的正式学科，与巴登斯贝格的努力是分不开的。

第二位代表人物是梵・第根。他是两次世界大战之间法国学派最具代表性的学者，也是第一个全面阐述法国学派理论观点的人。梵・第根著作很多，最重要的是1931年出版的《比较文学论》。书中系统论述了比较文学研究的必备要素与比较文学研究的范围、内容和方法，总结了比较文学发展的历史和理论，被誉为法国学派的集大成之作，多年来一直是学习比较文学的入门必读书。

还有伽列和基亚，他们是师生关系。基亚认为比较文学是研究国际关系文学史，比较文学不是文学的比较，它研究的是文学的关系，没有关系的地方就不属于比较文学的研究领域。伽列对“比较文学”作出了以下定义：“比较文学是文学史的分支，它研究国际世界的精神联系，研究不同文学的作家在作品、灵感，甚至生活方面的事实联系。”[①]这个定义代表了法国学派的基本主张。从这个定义当中，我们可以看到法国学派的特征：第一个特点是具有明确的历史意识，法国学派将比较文学和文学史联系在一起，把比较文学规定为文学史的一支。第二个特点是受到实证主义的影响。他们强调事实联系，强调实证和考证。也就是说，没有事实联系的比较就不是比较文学的范畴。法国学派的优势和局限都和这两个特点有关，而这两个特点后来遭到美国学派的抨击。

二、美国学派

可以说，美国学派是在挑战法国学派的过程中崛起的，代表人物有韦勒克、雷马克、阿尔德里奇。韦勒克主要是批判法国学派，后两位的主要贡献是提出了美国学派的理论主张和观点。韦勒克在 1958 年国际比较文学学会的年会上做了一个发言，题目是“比较文学的危机”。这个发言引起了很大轰动，韦勒克在发言中指出了法国比较文学存在的问题。第一个问题就是法国学派的学者们机械地把比较文学局限于探讨文学的渊源和影响，方法过于陈旧，忽略了文学文本自身的艺术价值。第二个问题是文化沙文主义。用韦勒克的话来说，法国学者把比较文学变成了文化功劳论，他们力图证明本国对外国有多大的影响，或者说本国是多么善于吸收外来的因素。他认为，文学

① 转引自干永昌、廖鸿钧、倪蕊琴选编《比较文学译文集》，上海译文出版社，1985，第 11 页。

研究的对象应是文学文本本身。从根本上而言,美国学派对法国学派的抨击和主张与美国国情是有关系的。20 世纪 40 年代的美国,新批评在美国大学教育中占据重要位置。新批评反对以社会背景、作家生平来研究文学文本。而且美国的这些比较文学学者本身就是新批评的倡导者和追随者,所以从某种意义上说,美国学派与法国学派的论争,正是 20 世纪文学理论中的形式主义批评与 19 世纪实证主义批评的对抗。

美国是一个移民国家,它的居民来自世界各地,形成了多元的文化传统,这就为突破原有的比较文学的框架提供了社会条件。同时,美国是一个年轻的国家,在文化积累上无法与拥有一批文化巨匠的法国相比,所以美国学者提出了文化上的无债原则。无债原则就是经济上是有债权人和债务人的,而文化是全人类的财富,所以是无债的。

美国学派在理论上有重大建树的是雷马克,他结合当时研究的实际,提出了比较文学的新定义。雷马克在定义中,首先将比较文学定位为文学研究,而不是史料研究;其次,他要求人们不仅要看到不同国家文学的异同,而且要研究文学与其他学科之间的关系,这样就扩大了比较文学的研究领域。到了 20 世纪 70 年代以后,国际比较文学界出现了一种融合的趋势,大西洋两岸的学者在比较文学的论争中,互相吸收对方的长处,在认识上逐渐接近。

这主要体现为三个融合:一是将法国学派的历史方法和美国学派的批评精神结合起来;二是将案卷研究和文本尝试结合起来;三是将社会学家的神圣与美学家的大胆结合起来。这种融合被称为是在一场学术论争的暴风雨过后和平的彩虹。

第三节　中国比较文学的兴起

随着比较文学在世界范围内影响的进一步扩大，跨文明背景下的东西方文学之间的交流日益加强。在这种新的形势下，继法国学派和美国学派之后，亚洲学者，尤其是中国学者、印度学者、日本学者、韩国学者也开始反思西方的比较文学学科理论，提出自己的新观点。例如，印度学者就提出了比较文学印度学派的观点。其中，中国学者的学科理论建设成就突出，得到国际比较文学界的关注。20 世纪 80 年代以后，中国比较文学界开始较系统地表达自己对比较文学学科理论的创新性观点，尤其是中国学者提出的跨文明比较文学研究，打破了西方中心主义的狭隘立场，逐渐形成了一套比较文学学科理论体系与方法论。跨文明研究是中国比较文学的特色和亮点。它打破了法国学派和美国学派的西方中心主义，以一种真正的世界性眼光关注世界各大文明，研究它们的交往、对话与冲突，并深入比较各文明间价值信仰、思维模式、民族风俗等文化因子的异同。在跨文明研究中，各文明之间的地位是平等的。它们各有特色，各自有看待世界和解释宇宙的方式，但是它们之间没有高低优劣之分。文学是一个国家在一个时期文化的浓缩、文明的见证，比较文学的跨文明研究为各大文明对话交流搭建了舞台。也就是说，跨文明研究打破了西方中心主义，让非西方文明也能发出自己的声音，展示自己的形象。当然，在比较文学发展问题上，中国也同样经历了一个由继承而创新的曲折发展的过程。

一、中国比较文学的萌芽及代表人物

现代意义上的中国比较文学研究，肇始于19世纪与20世纪之交，从一开始就显示出了一个鲜明特色，即中西文学的比较研究。近代文学改良运动中的比较研究实践，就是试图通过中西文学的对比研究来达成改良的政治目的。

文学改良运动的旗手梁启超在《饮冰室诗话》中提到，中国诗歌成就堪与西方比肩，但有两方面仍显不足：一是缺乏精深盘郁雄伟博丽之气，二是于世运无影响。

五四运动前后，鲁迅的比较文学活动，也主要着力于中西文学的比较研究，如在发表于1907年的《摩罗诗力说》中将欧洲的浪漫派诗人与中国诗人屈原等进行比较。

翻译了大量西方小说的林纾，则多从艺术技巧的角度对中西小说进行比较考察，如将《老古玩店》与《红楼梦》比较，将《大卫·科波菲尔》与《水浒传》比较等。

20世纪二三十年代，一批留学欧美的学者学成归国，也有不少人致力于中西文学的比较研究。留学哈佛的吴宓，在1920年发表《红楼梦新谈》一文，将《红楼梦》放在世界文学的大范围内，与卢梭、雪莱等人的作品进行广泛比较。其他还有如留学法国、瑞士的梁宗岱的中西诗人诗作比较研究，留学德、美两国的陈铨的中德文学比较研究，留学美国的范存忠的中英文学比较研究等。

二、中国比较文学的发展及代表人物

20世纪50年代至70年代，比较文学在祖国大陆相对沉寂。而这一时期，我国港台地区开始了比较文学的垦拓。

从研究方向上看，我国港台地区学者最鲜明的特色也恰是中西文学的比较研究。在研究实绩上，平行研究和“援西释中”的阐发研究取得的成果最为可观。平行研究涉及的范围相当广泛，文学观念、艺术技巧、风格流派、各种文体以及具体的作家作品等，无不在研究的视野之中。

1979 年，钱钟书的巨著《管锥编》的出版标志着祖国大陆的比较文学研究走向了全面复兴。复兴后的中国比较文学发展迅猛，建立了许多研究机构和学术团体，出版了专门的比较文学刊物《中国比较文学》，比较文学作为专业课程进入大学课堂，与世界同行的学术交流频繁展开。更重要的是，众多学人以极大热情投入研究实践，出版了大量的研究论文和专著，这些成果涉及的内容极为广泛，而其中中外文学尤其是中西文学的比较研究不仅数量最丰，而且方法多样，影响研究、平行研究、阐发研究各显其能、争奇斗艳。要特别提到的是，在丰富的研究成果的基础上，中国学者还提出了建立比较文学中国学派的主张。这种主张的提出，表明了中国比较文学研究者试图超越西方理论的局限、建立某种具有中国特色的比较文学学科理论的强烈愿望。中国比较文学研究的理论基石是跨中西文化研究，这对提升中国文学在世界文学中的地位，探求某种能涵盖中西方所有文学现象的文学体系是有积极作用的。

东方学者特别是中国学者积极参与到世界比较文学的行列中来，是当今国际比较文学的重大发展。的确，中国比较文学的发展不仅使东西方比较文学研究从可能变为现实，而且极大地丰富了比较文学学科理论，弥补了学科理论的不足。

如果说，美国学派与法国学派论争的结果，是扩展了比较文学的研究领域，那么中国比较文学研究的崛起，则是从根本上扩大了比较文学的研究视野，使比较文学在真正意义上成为全世界的共同事业。

思考题

1. 比较文学学科成立的标志是什么?

2. 简述中国比较文学发展的历程及主要代表人物。

第三章　比较文学的研究对象、内部体系与研究方法

一般认为，一门独立的学科，应该具备自己的理论支柱、研究对象、内部体系与研究方法。所谓理论支柱，可以包括两层意义，一是指这门学科的学理依据，二是指学科研究的理论基础。关于比较文学学科的学理依据，我们已经在前两章中，特别在第一章中进行过论述，这里不再重复。现在需要对后一层意思再作说明。每一门学科都应有自己的理论基础，不然无法进行研究，无法形成体系。然而理论基础又是一个不确定的因素，不同的时代、不同的研究者，可能会有不同的指导思想和理论框架，无法统一划定。同时，一种理论可以成为多种学科的指导思想，不可能被某一学科所专有，有的理论甚至由于其代表了一种时代思潮，而几乎成为当时多数学科的理论基础，具有广泛的意义。譬如进化论对 19 世纪的各种学科，马克思主义对 20 世纪的许多学科就具有这样的意义。中国比较文学学会在成立之时就明确宣布，它以辩证唯物主义和历史唯物主义为指导思想。

为了更好地回答“什么是比较文学”这一问题，我们有必要进一步对比较文学的研究对象、比较文学的内部体系与研究方法进行论述。

第一节　比较文学的研究对象

一、研究对象

文学研究包括研究主体和研究客体两个方面。研究主体是指从事学术研究的学者，研究客体是指从事学术研究之学者所研究的对象，如中国文学与汉族文学。比较文学的研究客体是介于两种民族文学或两种国别文学之间的学理关系或介于文学与其他相关学科之间的学理关系，也就是说，比较文学的研究客体不是一元的、纯粹的民族文学或国别文学，而是介于两种民族文学（国别文学）之间或介于文学与其他学科之间的二元关系。需要说明的是，这里的“关系”是具有一定的基本原则的，即下文所说的比较文学研究成立的条件。

二、研究成立的条件

（一）跨越性是比较文学研究的首要条件

跨越性，是比较文学在具体的研究中所表现出来的重要学科特色，也是研究客体必须具备的属性之一。

跨民族、跨语言、跨文化与跨学科，它们之间有一定的内在联系，特别是前三者。

跨民族，一旦跨越了民族的界限，就必然存在一定程度的文化差异。可以说，文学研究主体的视域只要跨越了民族界限，比较文学研究就可能成立。注意这里说的是“可能成立”，没有说“一定成立”，因为这里还涉及比较文学研究的可比性原则，体系性能否汇通，以及是否具有文学性等一系列问题。

是否跨语言是衡量比较文学研究是否成立的标志之一。文学是语言的艺术，语言文字是文学沟通创作主体与阅读主体的媒介，民族之间与文化之间的最主要的差异又在于语言的差异，不同民族文学之间的影响也是通过语言来完成的，比如我们研究中美文学中的一些作品、文学现象等，就必须首先跨越语言这道障碍。一般来讲，比较文学跨越了两种以上的语言，也就跨越了民族与文化。但是不跨语言，比较文学研究也可以成立。因为不同民族或国家的文学作品，它们使用的可能是同一种语言，如加拿大文学、美国文学、澳大利亚文学与英国文学都是用英语撰写的，虽然不跨语言，但是由于在某种程度上跨越了国界、文化与民族，因此仍可对这四个国家的文学进行比较研究。

是否跨文化亦是衡量比较文学研究是否成立的标志之一。人文科学界对文化的定义非常多，中外学者给文化所下的定义已有一百多种，学术界及比较文学界往往也从不同的角度来固定文化的外延，如东方文化系统、西方文化系统等，因此文化这个概念的确过于庞杂，很难界定在跨文化系统下展开的比较文学研究一定跨越了民族与语言。欧洲一些民族和国家在信仰上共同隶属基督教文化系统，但在一些国家之间进行的比较研究也跨越了民族、语言，比较文学研究同样也可以成立。比如法国文学与德国文学同属欧洲基督教文化体系，但法德文学比较研究是基于不同民族、不同语言与不同文化体系而展开，这种比较研究是成立的。

是否跨学科同样是衡量比较文学研究是否成立的重要标志。比较文学的跨学科研究是美国学者雷马克在《比较文学的定义与功用》中提出的，他明确把比较文学研究的界限延展到其他相关的学科中去，认为比较文学可以研究文化与其他相关学科，如艺术、哲学、宗教、心理学等交叉而出现的共同规律，这成为比较文学成立的重要标志。比如，弗洛伊德把精神分析学中的潜意识理论运用于文学批评。

在一个民族范围内，可能没有跨语言、跨文化，但文学与相关学科的比较研究也属于比较文学。

由此可见，这些跨越与比较文学研究的成立不是“并且”的关系，而是“或者”的关系，也就是说，只要跨越了其中某一个界限就进入了比较研究的领域，实际上，就比较研究的实践而言，同时跨越多个方面的情况并不多见，在比较研究中也是比较困难的。而在这些跨越中，“跨民族”与“跨学科”是最为重要的，并且在这两个跨越中有一项存在，比较研究就可能成立。但是绝不是说，只要跨越这两项中的一项，比较研究就一定成立，这就是我们接下来要讲的可比性原则。

（二）可比性是比较文学研究的关键条件

是否具有可比性是文学现象与文学问题能否成为比较文学研究对象的关键，简言之，就是比较文学研究能否成立的关键。

1. 比较对象之间具有异质性

异质性是指不同文明之间在文化机制、知识体系、学术规则和话语方式等层面表现出的从根本质态上彼此相异的特性。当涉及不同文明之间的文学比较时，异质性就成为一个最鲜明的特征，也是一个不可回避的问题。如果否认异质性，那么无疑就否认了跨异质文明研究的可比性。

不可否认的是，比较文学要寻求和建构一种世界性的总体文学观念，其中肯定包含了不同文明的可通约性，我们必须承认“东海西海，心理攸同；南学北学，道术未裂”，承认世界各国文学存在共同的艺术规律、共同的人类心声。然而，即便是这种求同性的总体文学观念，也不排斥不同文明、不同国家、不同民族之间天然存在的差异性，从而在“辨异”的基础上获得一种互补和互识，形成多元化、多层次的和而不同的理想格局。因而，在比较文学的跨文明研究中，其可比性既体现在“东海西海，心理攸同”上，又往往体现在不可通约的异质性和互补性之中。例如，文类研究中的缺类研究，实际上就是突出了异质性，其比较的意义和价值在于其互补性。

2. 比较对象之间具有类同关系

两个或多个民族文学之间，有些文学现象在一定意义上具有某些相关之处，并且其中的相同和相异之处都存在比较研究的价值，这种文学关系称为类同关系。

例如，中外文学中的“吝啬人”形象。相关文学作品呈现出来的主题具有一定的类同关系，也就是可比性原则中的类同关系。

西方文学发展史上有四大吝啬鬼形象：莎士比亚《威尼斯商人》中的夏洛克，莫里哀《吝啬鬼》中的阿巴贡，巴尔扎克《欧也妮·葛朗台》中的葛朗台，果戈理《死魂灵》中的泼留希金。中国文学史上的经典吝啬鬼形象则是《儒林外史》中的严监生。这五位形象是出自不同时代、不同国家和不同作家笔下的不同形象。他们是文艺复兴时期的犹太商人、17 世纪法国的高利贷者、法国大革命时期的暴发户、19 世纪俄国的地主和中国清朝时期的人物。但共同的“金钱观”将他们连在一起，他们无一例外都成为金钱的奴隶。金钱是他们的信仰。他们生活的全部目的就是赚钱和攒钱。

在如何赚钱的问题上,他们痴迷、执着,投入了全部的热情、全部的精力,可以说是竭尽所能。贪婪是他们对金钱痴迷、执着的外化,因而,贪婪成为其性格中最主要的特征就不足为怪了。在攒钱的问题上,他们仍然痴迷、执着,仍然投入全部的热情、全部的精力,也可以说是竭尽所能地保护着比生命还宝贵的金钱。他们对待金钱像卫士那样机警,像情人那样专情,像奴仆那样忠诚。他们视财如命,守财如奴。对于维持人生存的最基本的物质需求,他们也是压缩在最低限度,对家人如此,对自己亦如此。吝啬也同样是他们痴迷、执着于金钱的外化方式。因而,吝啬也就成为他们性格中和贪婪同等重要、同样鲜明的特征。

作为犹太富翁的夏洛克,却过着乞丐似的生活。为了节省开支,他拒绝一切生活享受,也不让自己的女儿与外界有任何接触,不许她有任何消遣。他把家庭变成了地狱,目的是控制女儿的开销。女儿私奔,使他难过的不是失去女儿,而是女儿带走了财物,当他听说女儿一晚上的花销时,就像一把尖刀戳进了他的心里。他宁愿失去女儿,也不愿花费金钱去找回女儿。他对仆人更为刻薄,仆人吃不饱饿得皮包骨头,不得已只能另寻新主。与夏洛克、阿巴贡一样,暴富后的葛朗台家资千百万法郎,可他直到死都住在阴森破烂的老房子里,屋里是被烟熏黄的墙壁,被虫蛀了的楼梯。每日的饮食是自家烤制的面包,蔬菜和肉食是佃户送的。他节衣缩食,将消费降至最低水平,甚至妻子病危也不肯花钱请医生。他耗巨资去做投机买卖,却不肯出一文钱去解救破产的兄弟。家中各种财物堆积如山的泼留希金,对自己、对别人乃至亲人的吝啬达到了难以想象的程度。他的穿着让人无法辨别他是主是仆、是男是女。为了节省开销,他与周围人割断联系,从不拜访别人,也拒绝别人来访。他认为,人们之间互相拜访,总要消耗什么,很无聊。他甚至把儿子和女儿赶出家门,女儿本想得到他一点儿资助,但他一毛不拔,仅把一枚破纽扣作为送给外孙的礼物,那还是因为女儿送了礼物的缘故。他守着堆积如山而又日渐腐烂的财物，舍不得自己用，更舍不得让别人用。他成了物质财富的最大的破坏者，而他自己却浑然不觉。极度的吝啬毁灭了他们的正常生活，毁灭了人与人之间正常的关系，毁灭了一切。

他们贪婪和吝啬到如此疯狂的地步，不由让人深思是什么力量驱使他们如此着魔？其贪吝行为背后的深层动机到底是什么？美国社会心理学家马斯洛认为，人类有五个基本需要，即生理需要、安全需要、归属和爱的需要、尊重的需要、自我实现的需要。这些需要有时是无意识的，它们依次的顺序偶尔可能颠倒，有的需要还可能减弱乃至丧失。用这一理论来重新审视这些吝啬鬼的贪吝行为，我们就会发现，他们都出身低微，都把赚钱发财作为获得社会认可的唯一出路。他们如此痴迷、执着于金钱的行为背后的动机，与被物化社会扭曲了的人对安全的需要和对尊重的需要密切相关。

3. 比较对象之间具有交叉关系

交叉关系主要是针对跨学科的比较研究。比如我们对文学与音乐、文学与绘画、文学与舞蹈、文学与雕刻等进行内在的双向透视，追问两种学科之间的共同美学价值。

> 昔葛天氏之乐，三人操牛尾，投足以歌八阕：一曰《载民》，二曰《玄鸟》，三曰《遂草木》，四曰《奋五谷》，五曰《敬天常》，六曰《达帝功》，七曰《依地德》，八曰《总禽兽之极》。

葛天氏之乐有诵诗，有鼓乐，有起舞，诗歌、音乐、舞蹈在葛天氏这里达到了统一，文学与音乐在这里实现了如此亲密的结合，并由此而成为后人论述文学与音乐之间关系的绝佳案例。至于中国古代的第一部诗歌总集《诗经》，更是与音乐有着紧密的联系，因而才被说成“诵诗三百，弦诗三百首，歌诗三百，舞诗三百”。

其实，《诗经》也好，后来的乐府民歌也罢，藏族的史诗《格萨尔王》也好，彝族的长诗《阿诗玛》也罢，唐诗、宋词也好，诸宫调、元曲也罢，在产生的初期有的并没有自己相对独立的文学地位，很多都是作为乐舞的词曲填充物，配合乐舞的需求，借助传唱的方式得以保存下来的。遗憾的是，在流传的过程中，歌曲的旋律丢失了，剩下的只有歌词，也就是今天所说的诗。

这是唐代大诗人白居易的《琵琶行》片段：

大弦嘈嘈如急雨，小弦切切如私语。
嘈嘈切切错杂弹，大珠小珠落玉盘。
间关莺语花底滑，幽咽泉流冰下难。
冰泉冷涩弦凝绝，凝绝不通声暂歇。
别有幽愁暗恨生，此时无声胜有声。

抛开《琵琶行》的思想内涵、艺术内涵不谈，单单就这一段诗句而言，与其说是一首诗歌，不如说是一曲音乐，与其说在朗诵一首诗歌，不如说在演奏一曲音乐，与其说展现了诗人的语言艺术，不如说演示了诗人的琵琶弹奏艺术。俨然一首音乐的诗，俨然一曲诗的音乐！诗歌乎？音乐乎？孰能分清？

第二节 比较文学的内部体系与研究方法

一、比较文学的内部体系

比较文学的内部体系，通俗地说，就是比较文学研究的种类及其范围。比较文学这门学科成立以来，可以说，法国“影响研究”与美国“平行研究”成为比较文学研究的两大支柱，也是比较文学两个重要的研究方法。后来，随着比较文学的进一步发展与完善，我国学者提出了阐发研究。

以上三种都是文学范围内的比较研究，或者说是本学科内的比较研究。除此之外，比较文学还包括跨学科的文学研究，包括文学与其他艺术门类以及与人文科学、社会科学，甚至自然科学之间关系的研究。比较文学的内部体系如图 3－1 所示。

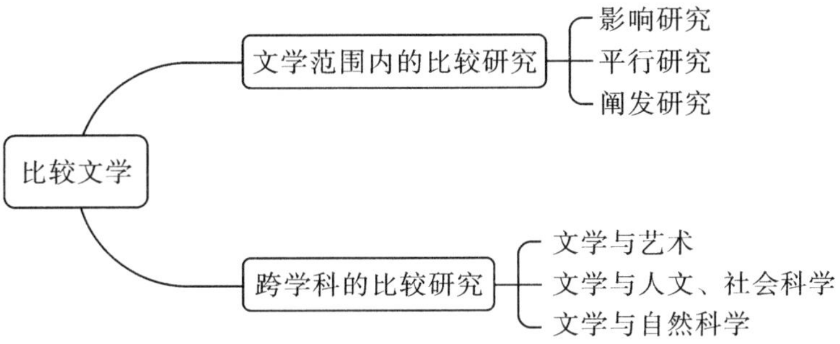

图 3－1　比较文学的内部体系

二、比较文学的研究方法

比较文学的研究方法与比较文学的内部体系相一致，包括影响研究、平行研究、阐发研究与跨学科研究，这里重点介绍前三种，跨学科研究在后几章详细论述。

（一）影响研究

法国学派所提倡的影响研究是比较文学最早的研究方法，后来则成为最主要的研究方法之一。

这一方法的理论依据是各国文学的发展都不是孤立的，而是相互影响的。早期的法国学者巴登斯贝格发表了大量与比较文学相关的著述，他的学术成就为他赢得了世界声誉，也为法国学派赢得了世界声誉。

第二个系统阐述法国学派观点的是梵·第根。他在1931年出版了《比较文学论》一书，详细探讨了比较文学的研究范围、内容和方法，总结了比较文学发展的历史，他认为比较文学应该研究国与国之间文学作品的相互借鉴、相互影响的关系，找出文学影响的途径。他认为，任何一个影响研究都必须沿着“放送者”“传送者”“接受者”这条路线追根溯源。具体来说，从“放送者”出发，研究一部作品、一位作家、一种文体或一种民族文学在外国的影响，这种研究被称为流传学；从“接受者”出发，探讨作家或作品接受了哪些外国作家、作品的影响，这种研究被称为渊源学；从“传送者”出发，研究影响是通过什么媒介和手段发生的，即媒介学。

1. 流传学

流传学站在“放送者”的角度，对某个民族文学的作家、作品、文体，甚至整个民族文学在国外的声誉或影响进行研究。

简言之，流传学研究的重点是放送者对接受者的影响，具体包括以下几个方面：作为接受者的国家或作者对外国作者（指放送者）有怎样的认识；接受者曾经受到哪几部书的影响；作为放送者的外来作品的传播情况如何；接受者所受影响的具体内容及其影响的程度如何；接受者在接受影响的过程中受到哪些因素的制约。

从影响的方式看，流传学研究分为以下几种。

（1）个体对个体的影响

个体对个体的影响指一位作者对他国或他民族的一位作者的影响。如拜伦对海涅的影响。在比较文学研究中，当我们说一个作家受另一个外国作家的影响时，一般是基于这样一个事实：一些外来的东西被证明曾在这位作者身上或该作者的艺术作品中产生过一种在他自己国家的文学传统和他自己的个人发展中找不到的作用，正是这一作用使得一个新的艺术作品得以产生。

(2)个体对群体的影响研究

个体对群体的影响指单个人对众多作家和流派的影响。这里的个体大都是文学上的大师巨匠。比如陀思妥耶夫斯基、列夫·托尔斯泰等。陀思妥耶夫斯基的作品被介绍到欧洲以后，受到了西方现代派作家的推崇和欢迎。萨特、艾略特、卡夫卡，包括黑色幽默的代表人物海勒都把他看成自己的先驱和自己的思想支柱。这是因为陀思妥耶夫斯基作品中的权威感丧失包括他描写复杂人物内心独白的技巧受到了西方现代派的肯定和青睐。

法国近代作家拉伯雷的《巨人传》中的戏谑怪诞风格，对欧洲乃至世界的审美观念和文学创作都产生了深刻的影响。昆德拉和卡夫卡都研究拉伯雷的《巨人传》中描写的狂欢，因为狂欢本身就是一种宣泄和感性的张扬。这种描写方法后来成为后现代思想的来源之一。

(3)群体对个体的影响研究

群体对个体的影响研究，即一国或者一民族的文学或者一个文学团体与派别对单个人的影响。可能会有一个外国作家对某个作家影响最大，但这并不表明该作家仅受到一个外国作家的影响。通常情况下，一个作家会受到多个外国作家的影响，这些外国作家可能是一个国家的，也可能是多个国家的。

中国文学对歌德的影响是显而易见的。歌德虽不曾把中国小说翻译成德文，但他却阅读了大量的中国小说译本。歌德的日记告诉我们，他读过慕尔转译的《好逑传》、英国人汤姆斯翻译的《花笺记》、法国人大卫斯翻译的《中国短篇小说集》等。他还读了当时在欧洲流行的“十大才子书”：《三国演义》《好逑传》《玉娇梨》《平山冷燕》《水浒传》《西厢记》《琵琶记》《花笺记》《捉鬼传》《驻春园》。他对孔子的人生理想和价值观十分崇尚。他看过中国戏剧《赵氏孤儿》,然后以此为题材写了《埃尔彭罗》(*Elpenor*),中国戏剧对其影响由此可见一斑。将中国抒情诗移植到德国也同样始于歌德,中国抒情诗对他的创作产生了极大的影响,这就是流传影响的接受与转化。

(4)群体对群体的影响研究

群体对群体的影响研究,即一国或者说一民族的文学对他国或他民族文学的整体影响。这种影响有的是通过作品的传播产生的,如随着托尔斯泰和屠格涅夫的作品在法国流传,俄国文学对法国文学产生了一定影响;有的是作家侨居在外国而对该国文学产生影响,如法国作家孟德斯鸠、伏尔泰、卢梭、斯达尔夫人、司汤达等曾经侨居英国,使英国受到法国启蒙主义、浪漫主义和现实主义文学思潮的影响。20世纪初,欧美文学中影响较大的一个派别就是象征派。著名的象征派诗人有波德莱尔、爱伦·坡、马拉美以及后期象征主义诗歌的代表人物——法国的瓦雷里、德国的里尔克、英国的艾略特等人。这些象征派诗人以其动人的华章影响了中国现代文坛的一大批诗人,如王独清、穆木天、冯乃超、艾青、李金发、徐志摩、戴望舒、沈宝基等人。这些诗人都不同程度地从象征派诗人的创作中汲取自己所需要的养料。李金发受法国象征派诗人波德莱尔的影响,追求敏锐的感觉,这种内心的敏感和幻想常常突出地表现在他的诗歌之中。

此外还有某个国家一个时期或一种思潮流派对他国文学批评的影响,例如女权主义思想对中国当代女性文学创作的影响也是一种群体对群体的影响。

2. 渊源学

相对流传学而言,渊源学的出发点是逆向的,它是从"终点"的接受者出发,去探求处于"出发点"的发动者。也就是说以接受者为基点,探讨某一作家或文学作品在主题、题材和艺术形式上的渊源流变，揭示出由于影响而产生的因果关系。

渊源学研究的类别大体包括以下几种。

（1）口传渊源

口传渊源是一种不曾见诸文字的故事、谈话或奇闻逸事等。它为某一作家的创作提供题材，甚至成为其全部著作的基础。这些口传渊源包括原始的或田园的歌谣、家族的传说、偶然听来的故事、街头巷尾的逸闻等，民间流传的神话、传说、故事、谚语、歌谣等都可作为口传的文学渊源。需注意的是，虽然口传渊源在许多场合极为重要，确定它们的效果却往往很困难，因为它们的印迹难以找到或过于空泛，不适合作为具体、清晰的证明。

（2）笔述渊源

笔述渊源则是一种见诸文字的渊源，它表明作者从何处撷取了自己的写作思想、写作风格等。它既包括明显类似的场面、细节、词句等，也包括不甚明显的借鉴，如灵感的启迪等。探讨笔述渊源，除了要考虑存在于作品中的因素外，还应该注意作品产生的条件、创作过程中借鉴的资料、作为接受者的作家的传记，以及作品的序、跋等。

（3）印象渊源

印象渊源可以按照印象获得的方式大致分为几类：旅行、旅居、游学、留学等。就时间来说，旅行或许是比较短的，但是对于作家的创作所起的影响却可能是比较大的。一个星期的异域见闻，往往能够成为一位旅行者终生的美好回忆，更不要说生性敏感的作家和诗人了。自愿或不自愿的旅行，让作家产生一种内容丰富的想象，他们看到的、听到的东西以及亲身经历的事件可以大大丰富自己的想象。也就是说，旅行印象能够对作家的文学创作产生巨大的推动作用。

这方面较为典型的例子，就是拜伦因为一次欧洲旅行而创作出一部文学经典。拜伦游历欧洲各国，大开眼界，后来根据这次欧洲游历写成长诗《恰尔德·哈洛尔德游记》。在这首长诗中，他将西班牙、希腊、阿尔巴尼亚等国的自然与社会风光串联起来，在对欧洲优美的自然风光大加赞誉的同时，又对法国大革命对欧洲社会所产生的强烈冲击进行了评述。由此可见，对异国环境的亲身体验对于一个作家来说是多么重要。如果说旅行只是对外国的一种浮光掠影式的印象的话，那么一个作家长时间旅居异国他乡，更能够关注到不同文化之间的深层差异。老舍在旅居英国期间，由于文化和语言方面的隔阂，很难融入英国社会，在孤寂之余，就开始了文学创作。在旅居期间，他创作了以伦敦为背景的小说《二马》，通过描写一对姓马的中国父子在英国的生活和感情经历，深刻揭示了中英两国的巨大差异。作者借着令人啼笑皆非的故事，嬉笑怒骂之间，表达了朴素而又强烈的爱国主义主张：除非靠自己的努力变得强大，否则别人永远看不起你！而这种思想主题的获得无疑和老舍在英国的这段生活经历以及对英国的印象紧密相关。

3. 媒介学

从“传送者”出发，研究不同国家之间的文学关系是通过什么媒介和手段发生的，即媒介学。这是对影响产生的途径和手段的研究。

媒介学研究的类别主要包括以下几种。

(1)个体媒介

个体媒介是指促成民族、作家间文学发生影响的以个体为单位的作家、学者、翻译家、旅行者、外交人员、文化使者等。但也有兼具两种或多种身份的个体媒介者，如某一作家，又是翻译家，甚或还是学者、旅行者。这种个体，大多是某民族、国家文化史甚至世界文化史上颇具影响的人物。从来源来讲，个体媒介一般分为三种类型：①个体媒介属于接受国。个体媒介通过创作(模仿、改编)、研究、译介等各种方式促成民族、国家之间的文学产生影响，这种影响可以是单向的，也可以是双向或多向的。②个体媒介属于放送国。如刘若愚教授长期在美国执教，他热心地向美国人介绍中国古典文学理论；在加拿大哥伦比亚大学执教的叶嘉莹教授则是中国古典诗词的倡导者。他们都向所在国人民传播了自己的民族文学。③个体媒介既不属于接受国，也不属于放送国，而是属于第三国。这些人大都熟悉他要传递的两种语言和文化，并且往往有开放和宽广的胸怀。在他们的身上，没有主观色彩，没有民族中心主义倾向，亦没有民族自卑心理。在国家与国家、民族与民族的文学关系上，他们是旁观者，但同时也是客观的、冷静的。具有这种身份的人，一般都有十分开阔的文学视野，有渊博的文学知识，有深厚的理论底蕴，有敏锐的洞察能力。作为传播文学影响的特殊使者，他们一般都能熟练地掌握两种或两种以上的语言，并且较客观地站在旁观者的立场上，热心地由一国向另一国传递文学影响。迄今为止，19 世纪丹麦的文艺理论家勃兰兑斯一直被公认为这类个体媒介的代表。多少年以来，理论界一直把他的《十九世纪文学主流》看作这方面的经典著作。

但是，就某一特定的个体媒介而言，随着影响方向的改变，这种分类也会随之而改变。比如，鲁迅翻译了不少俄苏文学作品，这些作品对他自己和其他一些中国现代作家产生过巨大影响，就此影响而言，鲁迅是接受国的个体媒介；鲁迅 20 世纪 30 年代初曾长时间与日本著名学者增田涉讨论《中国小说史略》《呐喊》《彷徨》，后来，增田涉又将《中国小说史略》译成日文，从而加深了中国古代小说对日本文学的影响，在这一影响中，增田涉是接受国的个体媒介，鲁迅因创作并讲解《中国小说史略》促成了这一影响，又成了放送国的个体媒介；还有，我们都知道鲁迅早年曾写过一篇充满激情的论文《摩罗诗力说》，对西方一批浪漫主义诗人进行介绍与评论，促进了西方浪漫主义诗歌对中国现代文学的影响，但这篇文章经竹内好编译成日文，又加深了西方浪漫主义文学对日本文学的影响，就前一影响而言，鲁迅是接受国的个体媒介，就后一影响而言,鲁迅则是第三国的个体媒介。

(2)团体媒介

文学社团和文学沙龙等团体媒介的作用是不能忽视的。一些趣味相投、艺术倾向相合的文人集合起来形成文学团体,许多外来的作品便通过文学团体得以传播。如司汤达、梅里美等人就经常聚会诵读莎士比亚的作品,大大提升了这位英国作家在法国的知名度;法国以雨果为中心的浪漫派极力推崇莎士比亚、席勒、拜伦等。一些著名人物的沙龙也起着媒介作用。如著名的斯达尔夫人的沙龙,就曾接待过许多不同民族、国家的文人,他们在一起讨论英、法、德等欧洲各国的文学,使这个沙龙成为一个交流各国文学的集散地。美国著名女作家葛特路德·斯泰因第二次世界大战期间在巴黎的沙龙也是一个类似的例子。庞德、海明威、毕加索等许多名人都曾出入她的沙龙。

中国在1922年到1930年八年间,就有近二百个文艺社团,其中在中国现代文学史上影响最大的有文学研究会和创造社。文学研究会的宗旨是研究介绍世界文学,整理中国旧文学,创造新文学,反对将艺术当作高兴时的游戏或失意时的消遣,因此该团体注重对法国、俄国及北欧现实主义文学作品的译介,大力促进了中国现实主义文学的发展,其代表人物有郑振铎、茅盾,叶圣陶、许地山、王统照等。而创造社则强调,必须忠实地表现自己的内心,因而注意对国外浪漫主义,尤其是积极浪漫主义文学的译介,更主张自我的表现和个性解放,其代表人物有郭沫若、成仿吾、郁达夫、张资平、田汉等。

(3)文字媒介

文字媒介主要指译本、著作或介绍外国文学的报刊。一是译本。如杨宪益夫妇既通过翻译《楚辞》《红楼梦》等将中国文学介绍到西方,又将西方文学名著译介到中国来,其中包括《荷马史诗》《阿里斯托芬喜剧二种》《罗兰之歌》等。二是著作。如伏尔泰通过他的《哲学书简》把英国文学介绍给法国,斯达尔夫人通过她的《论德国》使许多法国作家认识、欣赏甚至模仿德国文学;丹麦人勃兰兑斯通过《十九世纪文学主流》将英、法、德、俄等国的文学联系在一起。三是介绍外国文学的报刊。如《欧罗巴文学报》《不列颠评论》《德国评论》,以及中国的《新青年》等。

(二)平行研究

平行研究是指对那些没有事实联系的不同国家、民族之间的文学现象进行比较研究,分析它们的异同,探讨它们之间的内在联系、共同规律、民族特性等,以帮助人们理解和欣赏文学作品,发掘文学作品的美学价值。

根据研究对象的不同,平行研究主要分为以下几种。

1. 主题学

主题学研究同一主题在不同国家、民族文学中的表现形态及其形成原因、发展过程。一般来讲,主题是指文学作品中通过形象、情节、意象等艺术因素所体现出来的观念和认识,是作品的主旨和中心思想。主题既是一种抽象的思想观念,又与文学作品所特有的题材、人物、母题等紧密关联。主题学研究又可分为母题、主题、情境等的比较研究。

2. 文类学

文类学研究同一文学种类或者说文学体裁在不同国家、民族文学中的表现。在各国文学发展进程中,形成了各种各样的文体,并且大体上都沿着诗歌、散文、戏剧等方向演变。不过,各国文学分类的方法、标准、特征等又各有不同。并且,即便是同样一种文学体裁,各国之间也存在着一定的差异。对各民族的文类学理论与方法、文学体裁、文学种类的特点等进行比较分析,有助于发掘各民族文学的独特性,探讨各民族文学相互交流与借鉴的依据。文类学研究也因此成为比较文学领域的一个有意义的研究课题。

3. 比较诗学

比较诗学研究各国家、民族的文学理论。所谓“诗学”，不是专指诗歌理论，而是泛指一般的文学理论。用“诗学”来泛指一般的文学理论，最早可追溯到亚里士多德的《诗学》。建立在不同的文化背景和文学实践基础之上的各民族的文学理论存在着很大差异，与此同时，由于“人心”和“文心”的相通，它们之间又有很多共同之处。研究它们的异同，不仅有助于探寻人类文学的共同规律，而且，理论的探讨也有助于比较文学研究更加系统、完善，向更深层面拓展。

除此之外，平行研究还包括形象学以及思潮流派的比较研究、艺术技巧的比较研究等。要注意的是，无论是主题学，还是文类学，抑或比较诗学等，都并不仅仅局限于平行研究的范畴，如果其中牵涉到事实联系的因素，则也不排除进行相应的影响研究的可能。因此，在具体研究中，应选择适当的视角，力求汲取各家之所长，这样，才能充分拓宽思路，取得更加准确、有效的研究成果。再就当今比较文学研究实践看，影响研究与平行研究之间的差别已日渐淡化，相反，二者互为补充，相得益彰，共同推动了比较文学的发展。

《罗摩衍那》与荷马史诗《伊利亚特》《奥德赛》，虽然无论在时间上还是空间上都相距遥远，但在结构模式（离别—寻找—重逢）、人物类型、叙事风格等方面却有诸多共通之处，其中都包蕴着人类远古时代的历史文化背景，可以作为历史类型学研究的对象。《罗摩衍那》的内容以罗摩的经历为主。罗摩是十车王经过祭祀天神后所生的长子，他武艺超群，因折断神弓而娶得邻国的公主悉多为妻。悉多是邻国的国王遮那竭耕地时在犁沟里发现的（悉多即犁沟之意），她的母亲是大地，父亲就是遮那竭。十车王年老后，决定立罗摩为太子，但他的王妃吉迦伊却在驼背侍女的煽动下，以十车王曾答应要给她两项恩赐为借口，胁迫十车王流放罗摩十四年，立自己的儿子婆罗多为王。十车王痛苦地应允后，不久即死去。婆罗多不愿继位，罗摩出走后，婆罗多在位期间，供奉着罗摩交给他的一双作为替身的鞋子执政十四年。罗摩夫妇和弟弟罗什曼那被流放到森林后，悉多不幸被魔王罗波那抢去，罗摩兄弟四处寻找未果。后来，罗摩帮助猴王夺回王位，并结成联盟。神猴哈奴曼侦察到悉多被囚禁魔宫后，猴子们立即为征讨魔王的罗摩大军造桥过海。罗摩大败魔王罗波那后，派人从魔宫接回悉多并启程回国。罗摩回国登基后，他统治的时代出现了太平盛世。

《奥德赛》中希腊军队对特洛伊城久攻不下，足智多谋的奥德修斯想出木马计，建造了一只巨型木马，内藏兵将，大军佯装撤离，退到海上。特洛伊人视木马为祭神奇物，把它拖进城里。夜间希腊兵将从木马肚中杀出，与城外的军队里应外合，攻陷特洛伊。希腊军队得胜，许多人回到祖国，唯独奥德修斯为海神波塞冬忌恨，归途受阻，历尽各种艰辛，引出种种动人故事。在奥德修斯出征期间，国内贵族纷纷向他的妻子珀涅罗珀求婚，觊觎他的王权。珀涅罗珀忠贞不渝，儿子特勒马科斯在女神雅典娜的帮助下外出探寻父讯。奥德修斯终于摆脱卡吕普索的羁绊，回到故乡伊塔卡，与儿子一起，杀死求婚人，夫妻团圆。

我们可以看出两篇史诗都有共同的情节链：神奇的降生、英勇的童年、妻子被劫（夫妻分离）、异国历险、死里逃生、最终团聚。

（三）阐发研究

阐发研究是一种跨文化的借用文学理论模式的比较文学研究策略和方法。它是在充分理解、审慎选择和适当调整的基础上，采用某种具有跨文化适当性的理论和方法来比较、印证、概括、解释别国文学，由此使研究成为一种介质、一种对话、一种融合，并为进一步的跨文学的对话提供可交流与可理解的话语。

通俗地说，阐发研究就是用一种民族的文学理论和批评方法去解释另一民族的文学理论和作品。它可以是理论对作品的阐发，也可以是理念与理论之间的相互阐发，甚至是其他学科与文学之间的相互阐发。

阐发研究是中国学者提出的。它的提出与中国当时的历史文化背景有着深刻的关系。鸦片战争以来，中国的国门被打开，西方文化大量涌入，与中国传统的文化发生激烈的碰撞和冲突。那时的一些有志之士在强烈的民族自尊心的驱使下，背负中国文学的深厚传统，远涉重洋到西方求学，以了解西方文化，从而寻求中国文学发展之路。这一比较文学研究的实践，最早要追溯到清末时期的梁启超，他在1898年写的《译印政治小说序》可以算作是中国较早的比较文学论述之一。在这篇文章中，他将西方的政治小说，同中国传统的小说进行比较研究，对中国古典小说进行了评价和批评，是运用中西比较的视野，以西方文学的标准来衡量中国文学的一篇比较文学论文。

在此之后，中国与各国之间的交往更加频繁，对西方有了更多了解，后来一些知名学者，如王国维、陈独秀、鲁迅等人也都进行了这种比较研究的尝试，朱光潜、吴宓、钱钟书等人继续从事和推进了这类研究，并取得了不少研究成果。

王国维的《〈红楼梦〉评论》对中国现代文化与文学批评产生了极为广泛的影响，甚至可以说是为中国的比较文学提供了一种学术模式，亦为后来的阐发研究奠定了基础。相隔半个世纪后，我国台湾省的学者古添洪、陈慧桦比较了法国学派和美国学派的特色之后，提出一种可以将两派互补的研究方法：运用西方文学理论与方法，并加以考验、调整，以用之于中国文学研究的主张，即“阐发法”。在后来进一步的学术实践和理论升华下，中国的比较文学研究有了自己鲜明的方法论特色和坚实的理论支撑，从而形成了中国学者独创的阐发研究。

中国的比较文学研究与西方的比较文学研究最大的不同，也可以说是最显著的特点是跨文化。西方的比较文学研究是在西方同质文化的圈子内发生并发展起来的，而且“欧洲中心论”一直占据着统治地位。中国的比较文学研究一开始就跨越了中西文化的界限，在异质文化的相互碰撞、冲突和交融中进行比较研究，因此，就具备了跨文化的特色。

但阐发研究也有它自身的弱点和局限。阐发研究从某种程度上说是一种单向阐发或以西释中，这一过程，实质上是不自觉地把中国文学的现象作为论证西方文论有效性的理论注脚，并且随着西方各种潮流的交替更新而随波逐流，从而失去了中国传统固有的文论特性，也失去了中国阐发研究的意义。因此，阐发应该是双向的、相互的，单向的阐发研究已与时代发展不相适应。

思考题

1. 简述影响研究、平行研究、阐发研究的特点。

拓展阅读

第四章　文类学

文类学是比较文学研究领域的又一种理论形态，专门研究文学的类型、体裁、形式和风格之演变。文类是诗人或作家的审美体验得以用文学语言来进行表达的特定范式，它构造了文学文本的基本外在形态，即所谓“诗有诗格，文有文则”。一个诗人或作家，无论是自觉或不自觉地都要采用某种文学类型和形式进行创作，都不能不受到本国传统的或是外来作品的已经形成的文类的影响。因此，文学上的不少问题，只有从文类学的角度去分析，才能发现其独特的意义。

综上所述，文类学是对各种文学类型在不同语言、民族文学中的发展过程及其规律与特点的比较研究。例如，研究小说这种文类在各民族文学中的形成过程及其特点，研究一种文类为什么在某国文学中缺失的“缺类研究”等，都属于文类学的研究范围。其研究范围相当广泛，如文学的分类及其标准、对各种文类的界定及其认识、各种文类的兴起发展及其规律、文类理论的阐述及其演变等，都是其主要研究对象。文学分类的历史相当悠久，分类标准和方法多种多样，特征的表述也各不相同。比如同样称为戏剧，元杂剧、希腊悲剧、日本能剧之间就有很大差异。抒情诗是中国最早产生也最为发达的文学类型，为何在西方却要到 19 世纪才发展兴盛？中国有没有西方那样的史诗，为什么？等等。这些问题都值得深入探讨，许多研究者在这方面也取得不少成果。

第一节　文类学研究的历史与范围

一、文类学研究的历史

作为文学研究的一个方面，文类学古已有之。当文学发展到一定阶段，文学作品大量出现，作品的样式、功用各异。为了对文学作品进行分类，更好地研究各种文学作品的特点、演变及发展规律，文类学应运而生了。

（一）西方文类学研究的历史

西方文论对文学的分类，传统上采用三分法。在19世纪之前，西方传统上将文学分为悲剧、喜剧、史诗三大文类，19世纪后则分为抒情诗、叙事文学、戏剧三大文类。

西方最早对文学进行分类的是柏拉图，他在《理想国》第三卷中，将讲故事的叙述方式作为分类的标准，即“单纯叙述”“模仿叙述”和“混合叙述”三种方式。并据此把诗和故事分成三类：一是悲剧和喜剧，其特点是从头到尾都用角色对人物作模仿叙述；二是合唱队的颂歌，其特点是只有诗人在说话，即单纯叙述；三是史诗，其特点是人物的模仿叙述和诗人的单纯叙述掺杂在一起。

亚里士多德在《诗学》中提出了区分文学类别的原则,文学"既可以像荷马那样,时而用叙述手法,时而叫人物出场(或化身为人物),也可以始终不变,用自己的口吻来叙述,还可以使模仿者用动作来模仿"①。

西方后来最为流行也最权威的三分法(抒情诗、戏剧和叙事文学)与亚里士多德的分类直接相关。

这种将文学划分为叙事文学、抒情文学和戏剧文学三类的基本框架在西方一直沿用到现代。

(二)中国文类学研究的历史

1. 中国古代文体

我国古代指称"文类"的传统术语是"文体"或"体",现代叫体裁,指小说、诗歌、戏剧、散文等。从"体"字的词源来看,既有"身体""形体""四肢""部分"等名词性本义,如《礼记·大学》中的"心广体胖",《论语·微子》中的"四体不勤";又有由名词本义延伸而来的"成形"与"分开"等动词性用法,如《周礼·天官·序官》中的"体国经野"。由于"体"字具有这样的含义,因此在中国古代文学批评中它被用作文学样式及其分类的术语也就顺理成章了。

孔子将诗歌分成风、雅、颂三类,是基于经世致用的标准:"诗,可以兴,可以观,可以群,可以怨。迩之事父,远之事君,多识于鸟兽草木之名。"荀子论诗全不离"道",以言志、记事、中和与深微等功能来区分诗同其他各类散文文体的区别,并统归于先王的礼乐之道,将诗定位到明道教化之上。

到魏晋南北朝时,中国传统的诗文二分观开始形成。曹丕的《典论·论

① 亚里士多德:《诗学》,罗念生译,人民文学出版社,1982,第9页。

文》,第一次使用了“体”字,并对各类文体进行区分道:“夫文本同而末异,盖奏议宜雅,书论宜理,铭诔尚实,诗赋欲丽。此四科不同,故能之者偏也,唯通才能备其体。”①

曹丕开创了本末结合的文体划分标准,有了将内容功能和形式特点挂钩的文体认识。陆机的《文赋》对曹丕的文体论述作了补充,把文体划分为“诗、赋、碑、诔、铭、箴、颂、论、奏、说”十类,并作了更为具体的论述,而且强调诗歌的感情抒发、语音声律等形式方面的文体特征要求。挚虞的《文章流别论》向来被认为是我国古代文体论的开山之作。他总结和继承了前人文体研究的成果,依然遵循伦理教化等实用功能和语言声律等形式特征相结合的标准来划分文体。与前人相比,挚虞的分类更为细致,而且其对文体的历史演变追本溯源地分析阐释,直接影响了后来的文体论述。

然而对中国古代传统的文学分类囿于诗文二分法及其标准起定型作用的文论家,则是南北朝时的刘勰和萧统。刘勰的《文心雕龙》将各类文体依照不同的语言形式分为“文”“笔”两大类,即有韵文与无韵文共计三十五种文体,然后从功能内容上对每一种文体作性质说明,接着把内容与形式结合起来论述文体的历史演变和体制特点,最后再归结到与这一文体相关的作家个性、时代风尚与作品风格等。刘勰的文体划分很有章法,为中国传统的文体理论作出很大贡献。萧统的《文选》是文体划分的实践,先按体编排,依类收文,再照时代次序录入。全书分成赋、诗、杂文三大类,大类又分为赋、诗、骚、诏、册、令等小类,在每一种类中按时代先后次序收入名家范作。此后各代只是在以上的基础上对文体分类进行增删与合并,但依然局限于诗、文两大文体,没有收入小说、戏剧等。这些表明我国的文体研究不仅古已有之,而且有自己的理论与传统特点。

---

① 郭绍虞主编《中国历代文论选》第1册,上海古籍出版社,1979,第158页。

需要强调的是，中国古代并非没有叙事体文学，也不是没有对叙事体文学的研究与区分。早在先秦两汉，就有孟子的“齐人有一妻一妾”的生动叙述，《战国策》中“邹忌讽齐王纳谏”的故事也说得有板有眼，《庄子》和《汉书》中也有探讨“小说”的论述。然而它们都被归入史部，被视作史学材料了。当明清小说蔚然成风时，李贽、金圣叹、李渔等对叙事小说和戏曲的研究评说，尽管已不再依附史学而趋向于独立的文评，但19世纪末叶以前的传统文体中，却依然未将戏曲和小说列进独立文体之中。

2.中国现当代文体

近代以来，我国吸收了西方三分法的分类方式，并在此基础上适当加以补充，即把文学分为诗歌、小说、戏剧和散文四类，从此“四分法”成为我国比较通行的分类方法。

二、文类学研究的范围

文类学研究的范围大致分为文学类型研究和文学风格研究。

(一)文学类型研究

文学类型在文类学研究中并不等同于文类，这是因为，文类学的范围要宽泛得多，除了研究文学类型之外，还要研究文学体裁和文学风格，研究各国和各民族文学中的文学类型、体裁风格的异同及其相互关系等。

法国学者梵·第根认为，一部书就像一个人一样，在考察它的内容之先，我们得先考察它的形式。他还从形式的角度分别对散文、诗歌、戏剧等文学类型进行了深入论述。

在文学类型的具体归属方面，各国学者的分歧相对更大，可谓众说纷纭，各执其端，甚至在某种程度上存在混乱现象。有的学者根据是否押韵将文学作品分为韵文和散文两类，这种分类法虽然可以将所有文学作品都包含在内，却因忽略了文学的更重要的体裁特征而显得没有多大意义，分了等于没分；有人将文学分为诗歌、戏剧、散文三类，或抒情文学、戏剧文学和叙事文学三类；我国目前广泛采用的诗歌、小说、散文和戏剧四分法也有许多矛盾之处，如小说大多是散文体，而戏剧也不排除诗体，而且现代出现的广播剧、影视文学等文学样式该归入哪一类也有问题。西方也有类似的四分法，将文学分为史诗、抒情诗、戏剧和说教诗文，也争议颇大。这是因为，且不论说教诗文能否作为文学类型或体裁，光在文学实践中出现得最多的叙事诗篇和叙事散文该归入哪一类就难以解决。此外，文类在发展、在演变，旧的类型消亡了、被淘汰了，新的类型又不断产生、发展，也给文类的划分带来了麻烦。例如，古希腊史诗在中世纪以后消亡了，但 18 世纪末浪漫主义长诗产生了；我国汉魏时期赋体诗曾风行一时，但后来却让位于唐诗、宋词、元曲。又如英雄史诗、骈体文等曾盛极一时的文学类型随着历史发展逐渐消失。可见，文类划分只能是相对某个历史阶段而言比较圆满恰切，而不可能永远正确。文学类型是随着时代的发展而发展变化的，因此，文学的分类永远不可能完美也就可想而知了。直到当代，人们对文学的分类问题仍然没有完全统一的看法或标准。

（二）文学风格研究

文学风格主要指作家的个人风格，也包括他所属的时代风尚和民族特色。作家的个人风格是在其作品中才能体现的，其中包括写作习惯、文学修养、个人性格、个人艺术气质和审美趣味等，而时代风尚和民族特色则是同时代、同民族的作家所共有的。某一具体作品与同时代、本民族的作品相比较时，其时代风格和民族风格也许不是很显著，但若与不同时代、不同民族的作家作品相比，便能看出风格的迥异。如我们将莫泊桑、契诃夫和鲁迅的短篇小说放在一起进行比较，就可以看出莫泊桑表现出法兰西民族特有的奔放；契诃夫表现出俄国沙皇专制制度重压下普通民众的苦闷和哀伤；鲁迅则表现出因社会黑暗和国民的愚昧、不觉醒而郁积于胸的愤懑。可见，文学的时代风格和民族风格对作家的影响是很强烈的，有时甚至压倒个人的意愿。作家的风格实际上既受个人因素的影响，又受社会因素的影响；既受民族结构因素的影响，又受外来因素的影响。作家的时代风格和民族风格的差异是文学风格研究的基础。

第二节　文类学研究的理论形态

比较文学兴起以来，尤其是 20 世纪初以来，文类学越来越受到国际比较文学界的重视，并将它纳入跨民族、跨文化、跨语言界限的比较视野中来观察研究。美国学者维斯坦因曾说，从比较文学角度研究文学的学者会发现题材的概念，像时代、潮流、运动等概念一样为文学研究提供了一个广阔的研究领域。[①]

① 维斯坦因：《比较文学与文学理论》，刘象愚译，辽宁人民出版社，1987，第 104 页。

一、文类学中的影响研究

文类学中的影响研究主要是一种跨文化研究。如果着眼于文类在国与国之间的影响关系,文类学也就兼有影响研究的性质。从比较的角度探讨某一民族、某一国家文学类型形成的历史,探讨世界各国的文学体裁在发生、发展、变异和消亡中跨国界、跨民族传播和演变的痕迹以及文学风格的发展变化等,都是文类学的历时态研究内容。自古以来,文学艺术就是跨国界的,尽管文学有体裁、结构、语言运用、表现方法、风格等诸多不同,但它们都源自人的心灵,都是以语言文字为中介,都有一定的艺术审美形式,这是它们的共同特征。因此,中外文类既有各自不同的特点和形成轨迹,又存在相互之间的联系和影响,这是毫无疑问的。

某种文学体裁因其国际影响而风行一时的现象在文学史上并不少见,有时某一种体裁会一下子传遍许多国家,不同民族的作家、诗人会竞相使用共同的体裁进行写作。

如在我国,20 世纪 50 年代著名作家郭小川、贺敬之等人创作的阶梯诗,很明显是受到苏联诗人马雅可夫斯基诗体的影响。而 20 世纪 70 年代末以来我国一些年轻诗人创作的朦胧诗,某些作家创作的意识流小说等所受的外来影响也相当明显。这样的例子在世界文学史上是很普遍的。如古希腊、罗马的史诗对全欧洲英雄史诗的影响,中国古典诗词对日本、朝鲜半岛和东南亚各国的影响,中国古典诗歌对美国意象派诗人及西方意象派诗歌的诞生的影响等,都是文类学中文类流传变异的实例。

东西方文化的相互影响是有目共睹的,十四行诗就是最为典型的例子。在文艺复兴时期,意大利诞生的十四行诗经彼特拉克的卓越创作而迅速传遍欧洲,法国的七星社诗人、西班牙的贡戈拉、英国的莎士比亚等都有十四行诗行世,几乎整个欧洲的诗人都像彼特拉克那样用十四行诗赞美他们的爱人。而在18世纪,则由于卢梭的《新爱洛伊丝》和歌德的《少年维特之烦恼》的影响,许多国家的作家都相继写出催人泪下的书信体小说,整个欧洲文坛一时间充满了感伤色彩。一般认为最早的欧洲十四行诗是在意大利发现的。公元13世纪有一位西西里岛的诗人披埃洛·德勒·维奈写的十四行诗是至今所知欧洲最早的十四行诗,此后又有意大利的诗人阿瑞索和贵同尼。13世纪末,这种诗歌有了诗体要求,即每首诗必须由一个八行诗组和一个六行诗组合成,前面的八行又可分为两个四行诗组,但在前八行和后六行之间,音韵上一般要顿挫。

为什么十四行诗这种诗体会在13世纪的意大利出现?当时西欧文化还比较落后,很多东西都是从东罗马和大食传过去的。在希腊罗马诗里找不到这一诗体,就只能从大食文化中去寻找了。当时大食非常强大,西西里岛就曾经在大食的统治之下,所以,意大利诗人从大食人留下的歌谣中学到这种诗体并不是不可能的。

有趣的是,在中国,我们发现了更早的十四行诗。唐代的大诗人李白所写的《月下独酌四首·其一》就是一首很完整的十四行诗。诗的开头是一个八行诗组:“花间一壶酒,独酌无相亲。举杯邀明月,对影成三人。月既不解饮,影徒随我身。暂伴月将影,行乐须及春。”用的是一个韵。然后是一个间隔,下面是一个六行诗组:“我歌月徘徊,我舞影零乱。醒时相交欢,醉后各分散。永结无情游,相期邈云汉。”用的是另一个尾韵。前面的八行诗组又可以分为两个四行诗组。这和意大利的十四行诗规律是完全符合的。李白生活的时代要比13世纪创作十四行诗的意大利诗人早好几百年,但他确实创作了十四行诗。虽然不能肯定十四行诗这种歌谣形式一定是从我国传入大食再传到西方,但至少这是一个有趣的假设。

在小说方面，流浪汉小说对欧洲近代长篇小说的影响更为明显。流浪汉小说发源于 16 世纪中叶的西班牙，是当时西班牙生活在社会底层的广大流浪贫民的生活写照。在写法上，流浪汉小说有一种较为固定的模式，即以时间为序，事件一个接着一个发生。作为流浪汉的主人公在流浪生涯中的每一次历险就是一个事件，每一个事件就是一个独立的小故事，而所有的故事都由一个主人公串联起来，从而将广阔的社会生活画面和众多的人物、事件有机地结合起来。这种小说最初的成功之作是无名氏的《小癞子》(1553 年)，之后相继问世的有阿列曼的《阿尔法拉契人的古斯曼》(1599—1603 年)和格瓦拉的《瘸子恶魔》(1641 年)等。这些作品很快被译成欧洲各国文字，深受欢迎，流浪汉小说也被确立为一种特定的小说类型，并于 18、19 世纪风靡欧洲，出现了诸如法国勒萨日的《吉尔·布拉斯·德·桑蒂亚纳传》、德国格里美尔豪森的《痴儿西木传》、英国斯摩莱特的《兰登传》等同类作品，甚至连菲尔丁的杰出的现实主义长篇小说《汤姆·琼斯》也是受到流浪汉小说的影响。

纪延等学者在对流浪汉小说的比较研究中既综合得出流浪汉小说的共性，又发现了它在三四百年间发展演变的脉络，对外来影响如何与民族传统融为一体进行总结。研究者发现，这些小说有以下一些基本的、共同的因素。其一，都是以一个流浪汉式的中心人物一生的经历贯穿始终，展开一幅较为广阔的社会生活画面。其二，小说具有大致类似的情节结构。主人公往往出身寒微，幼年丧亲，成为孤儿，或被人收养，或投靠各色主人，被其驱使，为其服务，常有各种冒险式经历。其三，小说的目的大都在于暴露社会的腐败、黑暗、丑恶。其四，社会现实是流浪汉式的主人公得以产生的社会基础。其五，小说的主人公往往幽默诙谐、聪明过人，因此常常能化险为夷，出奇制胜，在各种场合中应付自如，最终摆脱困境。其六，流浪汉主人公的机智、勇敢、单纯，往往和剥削阶层的昏庸、怯懦、狠毒、贪婪形成对照，小说从头至尾充满了讽刺的情调，对世态和人情的嘲讽往往入木三分。其七，小说采用现实主义的创作方法和插曲式结构，由流浪汉主角贯穿许多不连贯的小故事，因此结构较为松散。其八，基本上采用第一人称的叙述方法。

上述共同点从内在和外在的各个角度确立了流浪汉小说的类型特点，研究者可以根据“家族相似”的理论，用这些共性来衡量各种小说，看它们能否归入这一类型。自然，对这一类型在发展过程中的种种变化，学者们也作了考虑。归纳起来，这一类型的发展大致有三个阶段。第一阶段即产生阶段，《小癞子》及随后在西班牙出现的一批仿作；第二阶段即发展阶段，18 世纪法、英、德出现一批类似作品；第三阶段即结构化阶段，18 世纪之后全世界范围内都有相关作品出现。其演变线索如下所示：

其一，第一阶段流浪汉（女）家庭出身十分低贱，父母往往是佣人、小偷或妓女，但到第二阶段，父母身份就有所提高，吉尔·布拉斯的父亲是退伍军人、侍从，兰登的祖父是有钱有势的乡绅。

其二，第一阶段流浪汉主人公还显得质朴单纯，他们干坏事往往是迫不得已；第二阶段流浪汉主人公干坏事固然不能说与环境无关，但在相当程度上具有自觉性。

其三，第一阶段流浪汉主人公行窃、行骗并没有什么犯罪感，但到第二阶段，他们就有了明显的犯罪感，每次做了坏事，总要受到良心的谴责，愿意忏悔。

其四，第一阶段流浪汉主人公个性的发展缺乏立体感，到第二阶段，人物形象就比较丰满、复杂，可以从中看出他成长变化的轨迹。

其五，第一阶段故事结构较简单，情节线索较单纯，人物较少，第二阶段结构就趋于复杂，情节线索也不止一端，人物增多，场面扩大，讽刺手法的运用也较前圆熟，暴露的程度较前深刻。

其六，第三阶段的一些作品中，这一类型的基本因素丧失较多，仅在结构上保留一些流浪汉小说的因素。以《奥吉·马奇历险记》为例，这部作品中只有主人公出身低微(母为弃妇,父不知何许人)和不断变换工作(报童、杂役、仆人、水手……)这两点还像流浪汉小说,在内容和形式等其他方面则与这一类型距离较大,更重要的是,作者的目的不在于批判社会,而是要说明现代社会中人想维持自我的意志与想使人丧失自我的外在力量之间的冲突。

流浪汉小说是目前研究较为充分的一个小说类型,也是文类研究中的一个范例。

戏剧方面此类研究也很多。如古希腊戏剧对全欧洲的影响,尤其是对17世纪法国古典主义戏剧的影响全面而深刻,亚里士多德的悲剧理论在当时被奉为金科玉律。

中国的元杂剧《赵氏孤儿》曾在18世纪的欧洲广泛流传,被英、法各国不同时期的作家改编。如果从传统的影响研究的方法入手,则往往只关注这一影响的历史过程、波及的程度和改编的剧本数量及上演与否等。但文类学影响研究却注重逆向地讨论英、法等国的《中国孤儿》中的悲剧冲突如何由"搜孤救孤"变为"理性与爱情的矛盾"等种种变异现象,以及改编对戏剧之外的其他文学类型和体裁的影响等,探讨西欧作家是基于什么样的异域文化渊源、审美心理和创作心态来借鉴与改写中国的作品。由此,传统影响研究的单一轨道,变成了多线交织的复杂网络,一个单向的文学研究过程,变为双向甚至多向的研究过程,从而促成了对中外文类交往关系的多种新理解。

二、文类学中的平行研究

平行研究作为比较文学文类学研究的一个方面,主要关注文学艺术审美特质的比较和探讨,在坚持以文学审美特性为研究基本方向的同时,研究远远超出传统文学研究的界限,而涉及多种学科,兼收并蓄,包容百家,向着综合研究的更大范围拓展。这样，文类学研究就有了一个更加开放的空间。

同历时态的文类研究相比，共时态研究体现出文类学更多的活力。共时态研究是指跨越时空局限对不同民族文学中的某些类型进行比较，主要把握其中审美方式和文本形态的异同。它不在意与双方有关的文类是否产生于同一时期，而是将它们放在同一个抽象的时间维度里，假设它们是同时的存在而进行对比和研究。例如，盛行于中世纪末期的欧洲骑士小说和至今仍有大量读者的中国武侠小说就可以纳入文类学共时态研究的对偶范畴之内。二者颇具相似之处：在文学类型上，二者都以锄强扶弱、惩恶扬善为主题，主人公骑士和武侠都是特立独行于社会体制之外的仲裁者，是公道和正义的化身。即使他们有时也与统治者和上层社会有若即若离的联系，但主要代表下层民众的意愿。他们大多有一个隐秘的身份，但都没有神秘的外力支持。他们惩恶扬善的唯一力量来自自身高强的武艺和勇毅的精神。在文学体裁上，二者都属于通俗的消遣文学，大多未能登上典雅的传统文学殿堂。而在文学风格上，二者均以紧张的情节、激烈的格斗场面、鲜明而略带类型化的人物性格引人入胜。

欧洲骑士小说与中国武侠小说的相异之处也相当明显。首先，骑士小说偏重人物性格塑造，武侠小说偏重故事情节。其次，骑士和武侠有不同的行为动机和人生信条，如西方骑士多重名誉，重建功立业，中国武侠多讲义气，讲路见不平，拔刀相助；西方骑士一般除了忠于主人外，还要忠于贵妇人，经常会拜倒在石榴裙下，中国侠客则多为了侠义放弃儿女私情，斩断情丝，一心惩恶扬善。如将西班牙塞万提斯的仿骑士小说《堂吉诃德》和中国施耐庵的武侠小说的变体《水浒传》这两部长篇小说进行共时态研究，其相类似之处是存在的。二者都描写不满社会现实、扫除人间不平的另类英雄，二者都以曲折的情节和丰满的形象取胜。然而相比较而言，其相异性则更为明显。前者嘲讽了一个没落小贵族的最后骑士梦，后者则描写农民起义军中的各路英豪；前者嬉笑怒骂随意挥洒，构思布局颇有点随心所欲，主人公性格经不断发展才逐渐形成，情节也不断补充、穿插和延长，最终才形成长篇小说的结构。后者为了让一百零八将聚集到忠义堂，在构思布局上颇费心思，尽管让各人的故事各自发展，但由于作家已“胸中先有缘故”，最终各路英豪才能云集“替天行道”的大旗之下。可见，不同国度、不同时代的两位作家以其不同的文本形态表达出不同的审美观念。

三、文类学中的缺类研究

在比较文学文类学研究中，与文体划分相对的另一课题——缺类现象的研究也越来越受到重视。

缺类研究多研究一种文体为何在这个民族或国家有，而在其他民族或国家却没有，或者即使都有这种文体形式，但实质或表现形式为何又相差甚远等。在这类研究中，中国有没有长篇叙事史诗，有没有按照西方古典文论界定的悲剧等，就成了必然要涉及的内容。如果按照中国文学传统的史诗和戏剧观进行分析，会得出截然不同的结论。长时间以来形成一种观点，认为中国无史诗，但是当今不少学者经研究后认为，这是用西方史诗概念衡量中国文学的一种偏见。中国不仅有史诗，而且很丰富，也颇有特色。中国的史诗出现在周文王时代，被称为“周文史诗”或“文王史诗”。这种中国式的史诗所表现的不是西方史诗中的那种尚武的英雄主义，而是一种崇文的英雄主义。这种中国史诗中的英雄是聪明睿智、文质彬彬的圣哲，而不是西方史诗中那种骁勇善战、极端表现个人的英雄，二者明显不同。如果将宋元时期已成形的藏族史诗《格萨尔王传》与外国史诗相比，不仅荷马史诗，即使是被称为世界上最长的史诗的《摩诃婆罗多》，恐怕也与其难分高下。

《格萨尔王传》产生于11世纪至13世纪，在中国西藏、青海、四川、甘肃、云南等藏族聚居区和部分土族、纳西族聚居区广泛流传，国外在尼泊尔、不丹也有传播，其中部分章节已被译成十几种文字。另一部史诗《玛纳斯》普遍被认为产生于18世纪以前的某个时期，它不但在中国新疆柯尔克孜族聚居区流传，在俄罗斯和阿富汗地区也有流传。俄罗斯、德国、英国、法国、土耳其、匈牙利等国学者都对这部史诗很感兴趣。18世纪上半叶，在新疆蒙古族卫拉特部落中还流传着另一部史诗《江格尔》。其他如苗族的史诗《亚鲁王》，赫哲族的英雄史诗《依玛堪》，傣族史诗《相勐》，以及被发掘整理并出版的神话史诗《黑暗传》等，都是优秀的史诗作品。

思考题

1. 什么是比较文学中的文类学？其研究对象和范围是什么？
2. 请简述文类学研究的类型。

第五章　比较诗学

第一节　比较诗学概述

诗学概念具有一定的约定俗成性，既包括本来意义的诗歌理论（诗论），也包括一般的文艺理论乃至美学理论。现代意义的诗学就是指有关文学本身的、在抽象层面展开的理论研究。它与文学批评不同，并不诠释具体作品的成败得失；它与文学史也不同，并不对作品进行历史评价。它所研究的是文学文本的模式和程式，以及文学意义如何通过这种模式和程式而产生。简言之，它研究的是文学理论与批评而不是文学本身。由此，我们可以将比较诗学大致界定为以文学理论比较为核心内容的研究领域和学科，它既包括不同国家、不同民族诗学的影响研究和平行研究，也包括跨学科、跨文化诗学的比较研究，跨文化则是其首要特征。

从比较文学进展到比较诗学，是比较文学本身发展的要求。20 世纪 60 年代以来，随着比较文学界对法国学派实证性影响研究方法的突破，文学理论开始大规模地涌入比较文学研究领域,并成为20世纪后半叶世界比较文学研究的一大特征。其标志性的事件是1985年在巴黎召开的国际比较协会第十一届大会。在这次大会上,学者们就文学理论对比较文学的大规模入侵激烈争论,老一辈学者反对运用新理论的做法,认为过度热衷于理论研究往往会导致否认审美经验,是反美学的,文学研究应该以个人的情感感受和阅读经验为基础,用经验归纳的方法对文学文本作具体分析。但绝大多数与会学者对文学理论进入比较文学研究领域是持肯定态度的,本次会议的论题也多半是谈诗学或与诗学相关。此后,比较诗学基本确立了自己在比较文学中的地位并获迅猛发展。理论研究的深入也反过来使比较文学在跨学科研究方面出现新的整合,大大拓展了比较文学研究的空间。理论进入比较文学领域的积极意义已是毋庸置疑。

随着比较诗学的蓬勃发展,中国诗学的原创意义和最大价值也逐渐被人们所认识。历史地看,中国早期的比较文学研究已具有自觉的比较诗学意识,其最大成就也是中西比较诗学,这和西方比较文学受法国学派和美国学派的樊篱束缚较深有着鲜明的区别。中国学者们一开始就希望通过中西文学的互释、互参、互补来沟通、融会乃至重构文学观念。

由于比较诗学是跨越两种或多种文化体系的文学理论研究,处理不同诗学体系之间复杂的同异关系,寻找能够解释同异但又超越同异的具有普遍性的理论话语也就成了比较诗学的重要内容。简言之,求"同"辨"异"是比较诗学的基本任务和目的之所在,同时也是比较诗学研究的理论依据和认识论前提。具体到中西两种诗学体系而言,它们有着各自独特的概念体系和思维结构,表达方式上也存在重大差异,但强调差异并不意味着否认沟通和融合的可能性。中西诗学又都对一些共同的问题进行过系统思考,比如什么是文学,文学文本的意义是如何产生的,文学的作用是什么,等等。所以,如何沟通两者的同异,既坚持独特性,又强调普遍性,在相互吸收、相互交流的过程中，实现互补、互识、互证，应该是中西诗学比较的目的所在。其努力的方向，就是寻找共同的诗学问题，共同的诗学问题构成了中西诗学比较研究的内在基础。

从方法论的角度看，跨文化研究已成为比较文学和比较诗学的方法论基础。比较文学界不仅对文化理论表现出极大兴趣，而且在文学研究中引进了文化比较的视角，寻求具有跨文化意义的普遍规律。这也是比较文学跨语言、跨文化研究的必然体现。比较诗学只有在当代世界的多元对话和文化整合中，只有在中西诗学的会通交流的语境中，才能获得其存在的价值和发展的动力。当然，跨文化的比较诗学研究，既不是以比较文化取代比较文学的"泛文化"研究，也不是退回保守封闭的"文学中心论"，而是将比较文学与比较文化相结合。它最根本的原则，是承认多元文化与多元话语共存的必要性和必然性，努力建立各种话语之间的平等关系，取消任何一种独断的话语霸权主宰一切的优先权。循此原则，跨文化的比较诗学研究又具体呈现为两大基本路向，一是阐发研究，二是对话研究。阐发是对话的基础，对话促进了阐发的深入，二者动态互动。

第二节　中西诗学整体比较

中西诗学总体比较，着眼于宏观视野，即从整体的观念考察中西诗学理论的不同特点。中西诗学体系的不同是多方面的、多层次的。择其要者，我们暂且列举一二如下。

其一，文学观念不同。在西方文学中，古希腊史诗具有典范意义，并奠定了西方文学以叙事传统为主的发展方向。后来从史诗中发展出来的戏剧和小说,也都是以描写人事和人生图画为宗旨。这就形成了西方诗学中以叙事文学为本位的文学观念。早期欧洲诗学就是建立在戏剧基础上的,而戏剧又是一种再现的文类,所以也就出现了西方对文学性质的传统看法:模仿和再现。亚里士多德的《诗学》就将整个理论建筑在模仿的基础上,成了西方"模仿诗学"的经典。亚里士多德认为,诗起源于人从孩提时代就具有的一种模仿本能,艺术的本质和内容就是模仿。人、人的行为、人的遭遇就是诗所模仿的对象。而人欣赏模仿的作品总是更容易获得快感,其原因也在于人在欣赏中使自己的模仿天性得到了满足。车尔尼雪夫斯基说亚里士多德是第一个以独立体系阐明美学概念的人,并且他提出的概念竟影响西方两千余年。亚里士多德以后的西方古典文论家,不论是评论小说、戏剧还是诗歌,基本上都是从模仿说出发的。莎士比亚把文学比作一面反映生活的镜子,巴尔扎克把自己比作法国社会的书记员,马克思主义美学认为文学是对现实生活的真实反映,这些都是对这种传统文学观的典型表现。反观中国,自《诗经》开始,就是以抒情诗为主流的,同时也奠定了中国文学以抒情传统为主的发展方向。以此为根基,中国的原创性诗学基本也是一种"情感表现"诗学。中国古代诗学最早的"言志"说、"缘情"说都是基于抒情诗的,"志"与"情"通,"情""志"一也,"情"成了中国古代诗学中的核心范畴并被不断拓展。同时,抒情文学作为中国的基础文类,又与中国的其他艺术门类融会贯通,使得在基础文类上形成的诗学理论、观念和范畴在其他艺术门类中也得到了恰当运用,如画论、书论中的畅神、意境、气韵、形神之说,戏曲、戏剧理论中的情采、人情、情真、情理、传神等概念。这说明,以抒情文学为基础文类而形成的中国"情感表现"诗学是真正代表中国古典艺术的理论,具有中国文化的本土特色。

其二,创作观念不同。如前所述,西方传统诗学以叙事性文学为本位,将模仿视作文学的本质,主体不过是映照客体的一面镜子,所以它们强调的往往是模仿客体,强调的是描写带有普遍性、必然性的事物。这种观念后来就发展为典型论。比如,亚里士多德在《诗学》中提出要按照可然律和必然律来描写带有普遍性的事物,贺拉斯说诗人的描写必须符合生活真实,巴尔扎克说细节的真实是作品不朽的奥秘,恩格斯提出典型环境中的典型人物,都是明显的例子。相比较而言,中国古代诗学也讲"体物",但却更强调"情思";也强调"真",但侧重于主体感受的真、情感的真,外物不是被模仿的终极对象,而是主观情态的引发契机。所谓"感物",所谓"得意忘象",所谓"景者诗之媒,情者诗之胚",情感、情意才是诗人表现的终极对象。这种观念后来逐渐被丰富,被演化拓展为"意境"理论。比如中国诗歌重"兴会",提倡"情往似赠,兴来如答"(刘勰《文心雕龙·物色》),注重的是人心与自然的那份相亲相爱、共通融合的心灵体悟。这明显不同于西方文化传统中主客二元对立的思维路向,而是直接指向"天人合一"的文化之根,并逐渐生成一种心态模式,成为后代诗人创作的共同的内在范型。

以上我们简要描述了中西诗学理论在总体上的不同。有必要说明的是,中西方诗学绝非只有差异而没有共通之处。比如"表现说"与"再现说",作为文学创作方法,中西方虽各有侧重,但并不可截然分开。从根本意义上说,文学都是表现,不同方式之间必有相通之处。中西方诗学理论在总体倾向上的不同特征,并不影响双方在一些具体理论问题上的一致性。我们不能一叶障目,不见森林,只看到差异性而否认相同点。

第三节 中西诗学范畴比较

中西诗学批评理论的不同,很大程度上表现为批评范畴的不同,并由此影响到批评观念、方法、思维特征的不同,形成了各自不同的话语传统和言说方式。所以,范畴比较虽着眼于微观考辨,却是中西诗学比较的一个理论基石。从显层次上说,一是通过还原,将具体范畴放在原有的历史文化背景中去把握,弄清其原典意义;二是通过中西比较,互参互照,清晰地区分世界通用与中国专用之不同,达到通用性阐释与专用性阐释的并行与互动。而在隐层次上,则直指建构世界通用性诗学范畴的终极目标。基于此,我们选取中西诗学理论话语中三组极具典型性的范畴:言志说与模仿说、意境与典型、神思与想象,希望通过辨异求同,互识互照,能起到沟通中西诗学的作用。

一、言志说与模仿说

之所以将言志说与模仿说并置,不仅在于它们分别是中西方诗学理论中最古老的范畴,而且在于它们分别构成了中西方诗学理论话语的源头,在更深层次上,则是因为它们共同体现了对文学艺术的发生和本质规律的探索和认识。但它们毕竟出自不同的诗学话语体系,还是有一些差异的。

第一,模仿说基于西方叙事文学传统,言志说源自中国抒情文学传统。

亚里士多德在《诗学》中说:“史诗和悲剧、喜剧和酒神颂以及大部分双管箫乐和竖琴乐——这一切实际是模仿,只是有三点差别,即模仿所使用的媒介不同,所取的对象不同,所采的方式不同。”模仿构成了诗的本质的内容。如果从狭义理解,我们完全可以说,亚里士多德的《诗学》,贺拉斯的《诗艺》,一直到近代莱辛的《拉奥孔》,所谓的“诗”,都是指记叙性的文学,虽然古希腊也有《七弦琴》之类的抒情诗,但与史诗相比,它是不被重视的。正因为如此,厄尔·迈纳才会在《比较诗学:文学理论的跨文化研究札记》中说:“西方诗学是亚里士多德根据戏剧而建立起来的,如果他当年是以荷马史诗和希腊抒情诗为基础,那么他的诗学可能就完全是另一副模样了。”他还说:“所有别的诗学体系都不是建立在戏剧而是建立在抒情诗之上的。”亚里士多德所建立的西方诗学传统，就是“模仿诗学”，而“别的诗学体系”当然包括中国诗学，而且尤指中国诗学。

如果说西方的文艺理论是以模仿说奠基的话，中国的文艺理论便发端于言志说。“诗言志”，最早出自《尚书·尧典》。这简洁得无法再简洁的三个字，却成了中国古代诗学的“开山纲领”（朱自清语）。它直指诗歌艺术的根本特性——抒情性、表现性。《毛诗序》云：

> 诗者，志之所之也，在心为志，发言为诗。情动于中而形于言，言之不足故嗟叹之，嗟叹之不足故咏歌之，咏歌之不足，不知手之舞之，足之蹈之也。

这就是说，诗之所以产生，是因为“志”在胸中激荡着，要通过语言表达出来，即“在心为志，发言为诗”，“言”又是因为“情”的催生而直接表露，因而“志”又与“情”必然地联系在一起，并经过“嗟叹”“咏歌”“舞”“蹈”几种情感逐步升腾后才平息下来。因为“志”是属于主体心灵世界的，所以，“志”通常又被视为“情”“志意”乃至“胸襟”“怀抱”的同义语。如陆机《文赋》就将“情”“志”合称：“颐情志于典坟”；唐代孔颖达则在《左传正义》中明确提出：“在己为情，情动为志，情志一也。”

那么，潜藏于诗人心中的“志”又是由何而生呢？这就追问到中国古典诗学中一个重要的审美观念——感物。孔颖达说：“包管万虑，其名曰心；感动万物，乃呼为志。志之所适，外物感焉。”（《毛诗序正义》）有论者就曾直接将感物与西方诗学的模仿对举，认为它们都是为探讨文学艺术的产生而提出来的。我们为，与其说感物说指称的是艺术的起源，不如说它诠释的是诗人的情感体验和审美观照方式，说它属于创作论范围也许更准确些。

中国诗学理论中的感物说始自《乐记》。《乐记》云：“凡音之起，由人心生也。人心之动，物使之然也。感于物而动，故形于声。……乐者，音之所生也，其本在人心之感于物也。”感物的过程就是一个情感体验的过程，“感”的是“物”，动的却是“人心”，是人心中的“志”或“情”。由此，“情”和“物”就成了中国诗学一直关注的两个重要方面，并扎根于中国诗人和理论家、批评家的心灵深处，引申者、发扬者络绎不绝，从而形成了中国诗学的“情感表现”传统。刘勰在《文心雕龙·明诗》中说：“人禀七情，应物斯感，感物吟志，莫非自然。”钟嵘在《诗品》中说：“气之动物，物之感人，故摇荡性情，形诸舞咏。……动天地，感鬼神，莫近于诗。”叶燮在《原诗》中说：“当其有所触而兴起也，其意、其辞、其句劈空而起，皆自无而有，随在取之于心，出而为情、为景、为事。”这些强调的都是外物对内心情感的激发作用，强调心与物、情与物之间的相互感应。只有当胸中的“志”被情感所浸透、融会时，才能形成创作激动，才能“发言为诗”。质言之，诗歌是抒发情志的，“诗言志”之“诗”，实为抒情诗。

第二，模仿说重形象；言志说重写意。

模仿要依赖客观外物，是以再现客观事物历史的和现实的存在状态为归宿的。亚里士多德认为，模仿就是要惟妙惟肖地描绘外物，只有模仿得逼真、形象，才会给人以真实的知识，才会给人以快感，才会给人以审美感受。他说，惟妙惟肖的图像看上去才能引起我们的快感，哪怕是尸首或最可鄙的动物形象。由此推演，逼真性、形象性就成了模仿的核心要素和必然要求。与此相对照，“诗言志”的心理基础是“情动于中”，这是进入诗的状态的重要前提。虽然诗人感情的激动离不开外物的触发，但“物”已不是外在的大自然的物象，而是融注了诗人强烈的感情色彩，使之因诗人的感情与人格的投入而呈现出意象化的意味，或以心托物，或以情注物。所谓“昔我往矣，杨柳依依。今我来思，雨雪霏霏”（《诗经·采薇》），所谓“我见青山多妩媚，料青山见我应如是”（辛弃疾《贺新郎》），诗人之情意深深浸濡于外在的物象之中，外物也完全为诗人的情思所把握。即使是被称为“诗史”的杜甫的诗歌，虽然诗中所写的多是现实中的景物、情事，但其中仍充盈着诗人内心那一份饱满、浓厚的感慨忧叹之情意，更不要说李商隐诗歌的意象缤纷了。可以这样说，以“诗言志”为开山纲领，中国传统的审美活动虽主要是面对自然物展开的，但诗人并不拘于自然物本身的美，而是将自己的“情”“志”对象化于自然之中，不仅要在自然美中融进自我，更要让自然美直接表达自己美的理想、美的人格，从而形成一种心物间的融会交流现象，一方面，心“既随物以宛转”，另一方面，物“亦与心而徘徊”。所以，在中国古代诗歌中，始终有一个或显或隐的“我”存在，恰如钱钟书先生在《谈艺录》中所说：“目击道存，惟我有心，物如能印，内外胥融，心物两契，举物即(以)写心，非罕譬而喻，乃妙合而凝也。”

第三，模仿说只具备创作学意义，言志说则兼容诗歌创作与接受双重意义。

亚里士多德提出模仿说，揭示的是艺术创造的规律。亚里士多德认为，艺术是一种创造性活动，其创造性的表现就是模仿。他提出的模仿原则是：照事物本来样子去模仿，照事物为人们所说所想的样子去模仿，或是照事物应当有的样子去模仿。这个模仿的原则，说它是再现也好，叙事也好，都只是一种艺术创作原则和方法论。而中国诗学发端之时，就已经有了接受美学的特征。“《诗》以言志”便体现了中国早期的接受美学。先秦时期，大到诸侯国之间的政治外交，小到百姓之间的人际交往，诵诗言志、赋诗言志已成为一种时代潮流和习俗。这时的《诗经》，是一种特殊的历史文献，尚不是一种文体符号。所谓“《诗》以言志”，实质上就是以彼诗表达我之心意，在不同的场合赋不同的诗表达不同的心意，这与诗多言“心”是相呼应的。这直接催生了孔子的“《诗》可以兴”和孟子的“以意逆志”说。所谓“《诗》可以兴”，着眼点并不在于揭示诗歌的抒情性特征，而在于《诗经》对人们的思想感情的启发感染作用。孟子说：“说诗者不以文害辞，不以辞害志，以意逆志，是为得之。”(《孟子·万章上》)所谓“以意逆志”，朱自清解释为“以己之意‘迎受’诗人之志而加以‘钩考’”。就是读者根据自己的经验和理解，还原诗人心目中的形象、情感体验和思想见解，或产生共鸣而认同。总之，模仿说只是对古希腊史诗和戏剧的创作经验的总结和提炼；言志说则清晰揭示了诗歌的文体意义，而后成为抒情文学创作的基本原则。

以上，我们着重比较分析了言志说和模仿说理论的各自特色，突出了它们“别是一家”的理论视野，但这并不意味着我们就漠视它们的共通处。这里暂且只说两点。其一，模仿说虽强调客观再现外物但并不意味着西方诗学不重视对内心情感的表现，言志说虽注重情感的抒发也不意味着忽视对客观外物的描绘，它们都是基于作品与世界的关系来探讨文学的性质的。如柏拉图的模仿说重视神赐的灵感与迷狂在诗歌创作中的作用，而按照亚里士多德提出的模仿原则，诗人不仅可以模仿事物本来的样子，也可以模仿事物应当有的样子，而悲剧中的事件和人物则完全可以虚构，这就给了诗人巨大的表现情感的空间。历史地看，西方诗学更有像浪漫主义、表现主义、情感符号说等强调想象和表现内心情感乃至无意识直觉的学派和理论。同样，中国的原创性诗学以“情感表现”为旨趣，但同时也存在“文以载道”“文章合为时而著，歌诗合为事而作”的强调直面现实的创作主张，并对中国文学的发展产生了至关重要的推动力。其二，模仿说和言志说都很重视艺术的社会作用，强调艺术的道德教化。言志说，因为其本质上就是儒家的诗学思想，所以它强调“发乎情，止乎礼义”，要求以理节情，但节制情感不是目的，只是手段，目的是通过节制放纵不羁的情感，引导人心向善，引导人走向道德理性，从而有效地实现文学的道德教化作用。同样，模仿的根本目的也不是宣泄情感，而是通过强烈的甚至是惊心动魄的情感宣泄方式，使人的恐惧与怜悯之情转变为适度的感情，从而有益于人的身心，有益于人的道德修养。适度就是“中和”，因为美德乃是一种中庸之道。毫无疑问，模仿说与言志说的终极价值关怀恰恰是一致的，没有本质区别。它们可以说是殊途同归，本质上都是“为人生而艺术”的。

二、意境与典型

意境在中国文艺美学中占据中心位置，被称为“核心范畴”，也可以说是中国诗人一贯而普遍的审美追求。典型，发轫于亚里士多德的模仿说，在西方美学中的影响几乎遍及所有艺术领域，尤其是叙事性、戏剧性作品。李泽厚在《意境杂谈》中说：“诗、画（特别是抒情诗、风景画）中的‘意境’与小说戏剧中的‘典型环境中的典型性格’，是美学中平行相等的两个基本范畴（并且这两个概念还是相互渗透、可以交换的概念）。”此论既出，同声相和者有之，辩驳者有之。我们并不完全认同这种平行相等说。虽然意境与典型确实存在着某些相互渗透、可以交换的素质，比如它们都主张主观与客观的统一，都主张从偶然见必然、寓无限于有限等，但在历史深处，在诗人的灵魂深处，它们承载的是中西方两种不同的文化积淀和民族文化心理结构，不仅内涵不会完全相等，而且在美学风格和价值追求方面也有巨大差异。对这样两个范畴进行比较，不仅可以洞见中西诗学理论和话语表达的不同，而且可以追源溯流，探讨其文化意蕴的差异。

第一，典型重在对客体的描绘，意境重在主体的体验，是诗人生命意识的呈现。

学术界已经取得的研究共识是典型说侧重描绘人物，意境说侧重描绘境物，意境的重要特征就是通过境物描写，抒发情思，表达言外之意。如果说典型说描绘人物，重视作者要像复刻一般描述，那么，意境中的境物就相对更加有文学色彩，作家始终是作品显在或潜在的主体。如杜甫的《绝句》：“两个黄鹂鸣翠柳，一行白鹭上青天。窗含西岭千秋雪，门泊东吴万里船。”看起来一句一景，是四幅独立的风景图画，但诗人的内在情感是一以贯之的。黄鹂在翠柳梢头欢快地鸣唱，白鹭在蓝天自在地飞翔，西山的晴雪就像一幅镶嵌在窗框里的图画，诗人的心情是极为舒畅的。而当一只来自万里之遥的东吴、即将返程的船儿映入眼帘的时候，诗人的思乡之情被拨动了。这样，看似无关联的四组境物，却完整地表达了诗人此时此地的特定情感。所以意境是以万事万物为对象，创作者赏玩它的色相、秩序、节奏、和谐，借以窥见自我的内心；化实景而为虚境，创形象以为象征，使人类的情感具体化，达到艺术的境界。意境是一种使主客体相融为一的人生化境，它是创作主体吸纳万事万物而在内心咀嚼、体验所营造的含深蕴于自然，凝瞬间于永恒，能唤起接受者对人生的无尽情思与体验，并领悟其意蕴的想象空间和艺术世界。它是艺术家蓄之已久却又如“兔起鹘落，少纵则逝”的凝聚着内心体验的瞬间意象的呈现。简言之，意境就是艺术家跃动着的生命情调。

第二，典型偏重艺术家的主体创造和生活体验，意境不仅注重创作主体的经验，也兼顾接受主体的生命活动。

典型的塑造是作家创造才能的表现，所谓典型化，是关于如何塑造典型的一种创作原则。尽管西方文学有“一千个读者就有一千个哈姆雷特”的谚语，但读者可以有理解的不同，哈姆雷特却是唯一的，他是莎士比亚塑造的“这一个”，读者的解释权是有限的。

意境是一种灵境，这灵境是诗人生命体验的呈现；意境又是一种虚境，含不尽之意于言外，需要读者去领悟、体验、发扬。所以，意境的创造不是主体一方面就能全部完成的，也需要接受者方面积极的审美投入。诗人的创作，是因客观物境的触发感动，经过熔情炼意而创造出自己的意中之境，它在诗人自己的心目中是活生生的存在，虽呈现于纸墨，却不过是一堆信息储存符号。只有读者接受了那些信息符号，“披文以入情”，由境及意，进而领会境中之意，他的心与诗人的心才能产生奇妙的感应。读者与诗人发生了感情共鸣，对诗人的意中之境有了鲜明真切的感受之后，便会不自觉地将诗人的意中之境转化为自己的意中之境，诗人所创造的意境才算真正有效地最后实现。王夫之在《诗绎》中提到的“作者用一致之思，读者各以其情而自得”，说的就是鉴赏者对“意”的重构、生发及领悟。比如苏轼对陶渊明诗歌意境的体验：

> “采菊东篱下，悠然见南山。”因采菊而见山，境与意会，此句最有妙处。近岁：俗本皆作“望南山”，则此一篇神气都索然矣。古人用意深微，而俗士率然妄以意改，此最可疾。（《东坡诗话》）

苏轼只有身居偏远之地，时时见山，才会发现“见南山”的“境与意会”之妙。苏轼以其自己的人生体验去领悟、把握陶渊明的意中之境并转化为自己的意中之境，当然是深解其中滋味的。所以说，意境的生成或复现，首先是诗人的创造，其次也有赖于鉴赏者的重构和生发。

总而言之，典型与意境在文化传统、理论构架和表述方式等方面都迥然不同，但西方的典型论和中国的意境论确实也存在着可以互相认同的因子，可以相互交流、互补乃至汇通。在比较诗学语境中，对意境与典型作平行比较研究，可以帮助我们重新论证和思考其理论内涵和现代价值。

三、神思与想象

神思与想象，其共同要义都是指艺术创作活动中的艺术构思。艺术构思是文艺创作的核心环节，是中外文艺理论家和美学家在探寻艺术规律时都必须面对和回答的问题，其中，神思和想象是无法绕过的话题。这一点，我们可以通过神思和想象在中西诗学理论史中的发展轨迹窥见一斑。

神思，作为中国的诗学范畴，在文化渊源上，滥觞于老庄的“虚静凝神”之论与《周易》的“观物取象”之说。进入艺术领域后，首见于魏晋南北朝时期南朝山水画家宗炳的《画山水序》:“圣贤映于绝代,万趣融其神思。余复何为哉?畅神而已。”宗炳因年老不能登山,便画成山水图“卧以游之”,从而出现了中国美学史上玄妙独特的“卧游”说。“卧游”不仅同样可以领略优美风光,甚至领略到的风光比真正的景物还要幽远深邃,这就离不开想象,所以神思含有想象的意思。陆机的《文赋》则直接谈到文艺创作的构思和想象问题“其始也,皆收视反听,耽思旁讯。精骛八极,心游万仞。其致也,情曈昽而弥鲜,物昭晰而互进,倾群言之沥液,漱六艺之方润,浮天渊之安流,濯下泉而潜浸。……观古今于须臾,抚四海于一瞬。”这些观点,直接影响着刘勰。刘勰将“神思”视作“驭文之首术,谋篇之大端”,写出了杰出的神思论专论——《神思》,全文对神思的功能、特征、方法及其与诗人才性之关系作了深入而详细的探讨。刘勰的神思论代表了中国古代艺术思维研究的较高水平,也标志着中国古代神思论的成熟。刘勰以后,中国的神思论进入了一个深化与拓展的历史发展轨道,被诸多理论家、艺术家所发扬。

西方的想象论萌芽于古希腊,大约与中国神思论的滥觞期同时。西方最早明确谈想象的,是亚里士多德,但不是特指艺术想象,也不被看重,他在《诗学》中只字未提。在亚里士多德看来,想象只不过是一种思想方式,不同于感觉和判断。想象中蕴藏着感觉,而判断中又蕴蓄着想象。想象是可以随心所欲的。一切感觉都是真实的,而许多想象是虚假的,甚至是动物性的、病态的。他在《心灵论》中说:“知识和理智是永远正确的,想象不能和它相比,是可以错误的。……动物就会按照想象而采取行动,像有些畜类,那是由于它们缺乏智力;还像有些人,那是由于他们受了感情、疾病或睡眠的影响。”也许由于亚里士多德的权威地位和《诗学》的“法典”意义,此后的大文论家们,从贺拉斯到17世纪新古典主义美学家布瓦洛,都对艺术想象保持沉默,以至置之不理。但这却成就了一些名不见经传的“小人物”。第一个明确讨论艺术想象的,是古罗马诗学家普罗提诺。他并不敢挑战亚里士多德的权威地位,只是小心地指出模仿仅能塑造看到的东西，而想象还能创造没有看到过的东西，并把那些没有看到的东西作为现实的标准。于是，他大胆地提出了“用心来创造形象”的艺术想象论。但他的理论如昙花一现，转瞬即逝。漫长的中世纪，整个西方美学掉入了神学的“铁屋子”，进入了历史的冬眠期，想象自然随之沉寂。而此时，在东方的中国，文艺理论的发展正处于生命力勃发的青春期，推崇神思已经成为一种普遍的审美心理追求。这是一个巨大而有趣的历史反差。到了18世纪，西方启蒙运动兴起，艺术想象论终于闪耀在西方的天空，法国的狄德罗，德国的莱辛，尤其是意大利的维柯，都将目光投向了艺术想象。19世纪，艺术想象终于获得了“最杰出的艺术本领”的评价，黑格尔、柯勒律治、别林斯基等一批优秀的美学家开始了对艺术想象的系统探讨。可以看出，神思在中国诗学史上的发展轨迹是直线式向上攀升，想象在西方诗学史上的发展轨迹则是螺旋式曲折前进，而其归宿点是相同的。

下面我们再从思维特点和美学特征上来探讨神思与想象的相通处。

第一，无限性、自由性是神思与想象的第一个共同特征。

《文心雕龙·神思》开宗明义：“形在江海之上，心存魏阙之下，神思之谓也。”“江海”乃隐士所居之处，“魏阙”指朝廷，这里是借喻，喻指神思不受现实时空的限制。所以刘勰接着说：“文之思也，其神远矣。故寂然凝虑，思接千载，悄焉动容，视通万里。吟咏之间，吐纳珠玉之声；眉睫之前，卷舒风云之色，其思理之致乎。”他认为，作为一种精神活动的艺术构思，神思可以是无边无际的。当诗人静静思考的时候，他的思绪可以连接千年之远；悠忽动容之间，他已可能洞察万里之遥。这也就是陆机所说的“观古今于须臾，抚四海于一瞬”。此时，诗人的精神是无限自由的，艺术构思的天地也因此而无限广阔。对于艺术想象的这种无限自由性，黑格尔说得更明晰：“艺术作品的源泉是想象的自由活动，而想象就连在随意创造形象时也比较自由”，“无论是创造还是欣赏艺术形象,我们都好像逃脱了法则和规律的束缚”。[①]

第二,神思和想象都离不开主体情感的巨大推动。

刘勰说:“夫神思方运,万涂竞萌,规矩虚位,刻镂无形,登山则情满于山,观海则意溢于海,我才之多少,将与风云并驱矣。”神思初兴,作家就被强烈的情感所包围、推拥,以致千头万绪,难以用言语准确地表达,“暨乎篇成,半折心始”。神思之所以畅通,诗人之所以能张开自由的翅膀,腾飞于辽阔时空之中,情感起着巨大的推力作用。黑格尔认为,想象的任务是要把内在的理性化为具体形象和个别现实事物去认识,所以,艺术家要用情感给想象灌注生气,使外在的图形与内在自我表达到完全美满的统一。这是因为,只有情感才能使这种图形与内在自我处于主体的统一。他强调,在这种使理性内容和现实形象互相渗透融合的过程中,艺术家一方面求助于理解力,另一方面也要求助于情感。[②] 这与黑格尔美是理念的感性显现的美学宗旨是一致的。理念是精神实体,物象是感性显现。正是情感推动着精神与实体、主观与客观相互作用,给想象灌注了生命的元气,从而使想象产生巨大的创造力。简言之,情感是艺术想象的内在驱动力。

正是由于对情感推动作用的共同体认,神思论者与想象论者又不谋而合地把探讨的触角延伸到了“灵感”——当然,中西方诗学的言说方式是不同的。中国古代诗学没有“灵感”一词,多用“天机”“兴会”“妙悟”“灵气”等。陆机《文赋》用的是“天机”一词:“方天机之骏利,夫何纷而不理。”刘勰则直接用“神思”。所谓“神思方运,万涂竞萌,规矩虚位,刻镂无形……”,就是作家进入艺术构思、意象纷呈时的那种“机敏”之状。它表现为一种特别敏锐的感受力和领悟力,能化腐朽为神奇,创造超出常态的声文、形文之美,正像与刘勰

① 黑格尔:《美学》第1卷,朱光潜译,商务印书馆,1981。
② 黑格尔:《美学》第1卷,朱光潜译,商务印书馆,1981。

同时代的萧子显在《南齐书·文学传论》中所说的“属文之道,事出神思,感召无象,变化不穷。俱五声之音响,而出言异句;等万物之情状,而下笔殊形”。黑格尔则直接将想象与灵感等同。他说:“想象活动和完成作品中技巧的运用,作为艺术家的一种能力,单独来看,就是人们通常所说的灵感。”[①]的确,在艺术想象中,常常伴随着艺术灵感,灵感来临时,常常文思泉涌,使想象达到一种高度活跃状态,并使想象具有巨大的综合创造力。因此可以说,灵感就是一种高效率的艺术想象。

第三,神思和想象都具有形象思维的特质,既不脱离形象,又超越形象。

西方美学史上,别林斯基明确把形象思维定义为艺术创造的客观规律。1841年,他在《艺术的概念》中明确提出艺术是利用形象来思考的,后来他又常使用“想象”“创造性想象”等说法。别林斯基认为,想象是用形象进行思考的能力,作者如果不具备创造性的想象,就无法通过形象进行思考,哪怕他有智慧、感情,有信仰的力量和丰富的生活积累,他都不会成为诗人。这就是说,离开生动具体的形象,诗人就丧失了想象的能力。诗人的想象,不是抽象的智慧、情感和信仰,而是随物象的变化而腾飞的。别林斯基的思想是直接吸收了黑格尔的。黑格尔认为,艺术想象必须具有图画般的明确感性表象,艺术家要用从外界吸收来的各种现象的图形,去把他心里酝酿着的东西表现出来。再看神思论。早在其萌芽期,《周易》就说“圣人有以见天下之赜拟诸其形容,象其物宜,是故谓之象”。这就是所谓“观物取象”。物,是自然界和生活中的具体事物,所取之“象”,是比拟这些具体事物而成的有象征意义的意象。这就是古老中国寓形象于物象的思维方式。至陆机说“情瞳昽而弥鲜,物昭晰而互进”,刘勰说“神用象通”“神与物游”,都明白昭示神思必须依靠具体鲜明的物象。

---

① 黑格尔:《美学》第1卷,朱光潜译,商务印书馆,1981。

不过，寓于形象的神思和想象，并不拘限于形象。它们必须超越形象，而表现出既不脱离物象又超越物象的主客统一的特征。这是艺术创作的本质要求和基本规律。《神思》说“思理为妙，神与物游”“物以貌求，心以理应”，这就明确指出，外在的“物”可以通过穷形尽相的描绘而变得形象鲜明，内在的“神”则要用心去感悟、去体验，主观与客观、心灵与物象相互交融，才能产生瑰丽多姿的神思妙想、奇文华章。正如从《文心雕龙·物色》中所说：“是以诗人感物，联类不穷。流连万象之际，沉吟视听之区。写气图貌，既随物以宛转；属采附声，亦与心而徘徊。”黑格尔的想象论，与刘勰的神思论可谓心有灵犀。他们都认为只有在理性内容和现实形象互相渗透融合的过程中艺术想象才会产生。

第四，神思与想象都与艺术家的主体修养有密切关系。

刘勰认为，由于“人之禀才，迟速异分；文之制体，大小殊功”（《神思》），所以，为了更好地进行艺术构思，充分展开想象的翅膀，诗人必须加强多方面的素养：一是“积学以储宝”，就是通过学习来积累自己的知识；二是“酌理以富才”，就是要辨明事理以提高自己的认识能力，丰富自己的才华；三是“研阅以穷照”，就是要深入地观察事物的本质；四是“驯致以绎辞”，就是训练自己的情致，熟练而恰当地放言遣词。这四个方面的素养，是诗人神思畅通、“神与物游”的必备条件和依据，因为“神居胸臆，而志气统其关键；物沿耳目，而辞令管其枢机”（《神思》）。“志气”属于作者的主观素养，决定着神思的方向；“辞令”是语言，神思必须通过语言来传达，所以要“驯致以绎辞”。与刘勰相似，黑格尔也强调艺术家的主体素养，但他似乎更偏爱天才。他认为，艺术想象是天才的独特本领。他说：“通过想象的活动，艺术家在内心中把绝对理性转化为现实形象，成为足以表现他自己的作品，这种活动叫作‘才能’‘天才’等。”不过，这种才能和天才也需要后天的锻炼与文化教养，“它们当然也不是全靠天生资禀组成，实际上艺术创造同时也是运用智力的自觉活动”。这与刘勰就有了某种历史共鸣。进一步说，刘勰与黑格尔之所以都注重艺术家本身的素养，深层原因就在于，神思与想象都需要巨大的创造力，一个没有深厚修养的作家，或者不是天才，就不可能有神奇瑰丽、文采熠熠的文思，因为艺术家的创造，“它是一个伟大心灵和伟大胸襟的想象，它用图画般的明确的感性表象去了解和创造观念和形象，显示出人类的最深刻最普通的旨趣”。①

通过以上比较，明显的结论是，中国诗学中的神思论与西方诗学中的想象论竟有着如此多的不谋而合，确实让人称奇。不过，正如前文所说，由于中西方不同的文化传统和文学发展路径，由于中西方不同的诗学思维，神思和想象仍呈现出或显或隐的理论分野。总之，神思与想象既存在着历史的反差，也存在着美学的反差，但有反差才可以互补。从艺术构思的本来面貌说，在不十分严格的意义上，神思是可以与想象等同的。

思考题

1. 中西诗学体系的不同表现在哪些方面？

2. 请简述言志说与模仿说、意境与典型、神思与想象的异同。

① 黑格尔：《美学》第1卷，朱光潜译，商务印书馆，1981。

第六章　主题学

主题学发端于德国民俗学研究，在比较文学研究领域，主题学研究曾在相当长的一段时间内得不到国际比较文学界的认同。但自二十世纪六七十年代以来，它逐渐获得了各国比较文学学者的重视，并以丰富的研究成果显示出强健的学术生命力，从而成为比较文学学科理论中一个重要的组成部分。

第一节　主题学的概念与研究范围

一、主题学的概念

(一)主题学与主题研究

人们在对主题学进行深入研究之前，很容易产生一种简单化的认识，以为主题学就是研究作品主题的学问。这种观点就像有人把比较文学简单地理解为文学的比较研究一样。主题学当然要研究作品的主题,这是毫无疑义的,但是如果把主题学仅仅理解为研究作品主题的学问,那不仅会限制主题学研究的范围,还会抹杀主题学研究的方法论特征。为此,我们必须先把通常所说的对作品主题的研究与比较文学中的主题学研究加以区分。

我国台湾省学者陈鹏翔在其论文《主题学研究与中国文学》里说道:"主题学是比较文学中的一个部门,而普通一般主题研究则是任何文学作品许多层面中一个层面的研究;主题学探索的是相同主题(包含套语、意象和母题等)在不同时代以及不同的作家手中的处理,据以了解时代的特征和作家的'用意',而一般的主题研究探讨的是个别主题的呈现。最重要的是,主题学溯自19世纪德国民俗学的开拓,而主题研究应可溯自柏拉图的'文以载道'观和儒家的诗教观。"①

具体而言,两者研究的侧重点不同:一般的主题研究探求的是某一部作品或某一个人物典型所表现的思想,重点在于研究对象的内涵,而主题学研究讨论的是不同时代、不同民族的不同作家对同一主题、题材、情节、人物典型的不同处理,重点在于研究对象的外部——手段和形式。说得形象些,一般的主题研究着眼于一个点(个别主题的呈现),而主题学研究着眼于一条线,甚至一个面,即两者研究范围不同。当然,这种区分只是指出两者各自的侧重点,在实际研究时,两者的区别不可能如此泾渭分明:一般的主题研究不可能不涉及研究对象的外部,而主题学研究也不可能与研究对象的内涵毫不相干。

这里不妨以对著名文学形象唐璜的研究为例来说明两者的差别。一般

---

① 陈鹏翔:《主题学研究与中国文学》,载陈鹏翔:《主题学研究论文集》,台北东大图书公司,1983,第15页。

的主题研究多集中在对唐璜的性格和思想的剖析上，以揭示作者通过这个形象所要抨击、讽刺、嘲弄的对象，也即揭示作品的主题，如有人归纳说，《唐璜》是对英国资产阶级社会的讽刺。而在比较文学的主题学研究中，学者们首先关心的是这个传说中人物的最初出处，以及这个人物最初出自何人笔下，接着是努力找出所有写过唐璜这个人物的作家和作品，以勾勒这个文学形象的演变轨迹。德·贝沃特的博士论文《唐璜的传说：自其滥觞至浪漫主义时代》(1929)就是这样的一篇论文。作者首先考证出第一部塑造唐璜形象的作品是西班牙戏剧家蒂尔索·德·莫利纳1630年写的剧本《塞维利亚的嘲弄者》，同时列出后来描写唐璜的作家：意大利剧作家贝尔托和奇科尼，法国的莫里哀、高乃依和意大利的哥尔多尼。浪漫主义时代描写唐璜的作家更多：德国霍夫曼的音乐小说，拜伦的讽刺长诗，大仲马的幻想剧《马兰的唐璜，或天使的堕落》(1837)，列瑙的诗剧《唐璜：一首戏剧性的诗》(1851)，此外还有许多作家有此类型的作品，如缪塞、戈蒂耶、托尔斯泰、萧伯纳，甚至还有音乐作品——从莫扎特到施特劳斯。但是贝沃特的目的不是为我们编写一份以唐璜为主人公的作品的书目，他的目的是把他认为具有"唐璜精神"的那个人物，作一个全面的展示，让读者看到同一人物在不同的国家、不同的作家笔下，被涂上的不同色彩，被赋予的不同个性。

不难发现，这样的研究对我们更深刻地理解不同作家的不同风格和成就，不同民族文学的特点，以及民族文学之间的交往和影响等，是大有裨益的。

但是，主题学研究并不只是研究人物形象的演变史，那只是主题学研究的一个部分。它研究、讨论更多的还有母题、主题、题材，以及意象、情境等内容。

(二)主题学的研究范围

主题学的研究范围比一般主题研究要广泛得多,也复杂得多。主题学既不仅仅是研究个别作品的思想内容,也不只是对不同作品的思想作比较研究。实际上,它所研究的是除了文体(体裁、技巧、风格、语言等形式)以外的几乎全部文学内容要素(题材、主题、情节、人物等)在不同文化时空中的流变。以至有的学者深为不满,认为主题学这个词在使用的过程中被解构、被零散化了,其内涵大大溢出了主题范围本身,应另觅一概念来取代之。实际上,上述的文学内容要素在作品中是彼此紧密相连、有机地组合在一起的,无法单独存在。但它们在艺术分析中又是可以从性质上加以区分,用概念加以界定的。题材是构成作品内容的具体材料,是在主题统摄下对素材选择后所形成的完整的故事框架,它包含着主题,本身又需要通过情节、人物、场景而得到具体呈现,它是情节和人物的基础;情节是经过艺术编排过的故事题材,同时又是人物性格的外化和发展史;典型人物体现着作品的主题;人物与人物之间的关系和互动构成情节;主题是整部作品(包括内容与形式)的灵魂和统帅,是起整合作用的核心要素。

陈惇和刘象愚用一个四层次的结构来说明作品:"最下面一层是题材;题材的上面是情节、人物和一定的艺术形式;再上面一层是从具体的情节、人物中概括出来的一系列母题;母题上面的最高层次是作品的主题。主题学即是以作品的这四个层次为对象,于是有题材研究、人物研究、母题研究、主题研究等。"①

我们再看看西方学界的观点。法国《拉鲁斯百科全书》(1978 年)称主题

① 陈惇、刘象愚:《比较文学概论》(修订版),北京师范大学出版社,2000,第 153 页。

学研究的是比较文学惯于探索的领域，譬如某一神话（俄狄浦斯、伊尼德），某心理学类型或社会类型（修女或盲人），某文学人物（唐璜），某些历史上的大人物（拿破仑、苏格拉底），某些环境或物件（莱茵河流域、某城市）的影响的消长。①

关于主题学研究的对象和范围，在比较文学史上有一个逐渐认识的过程。法国的梵·第根将主题学研究分为三大类：①传统的题材；②实有的或幻想的文学的典型；③传说与历史中的人物。每一大类又分为若干小类，十分详细具体。如第一大类又分为三小类：①在国与国之间辗转流传而又起源不明的传说。如失去影子的人的传说和不相识的父子之战的传说等。②提出伦理问题的传统情节，如血亲复仇，爱情与责任等。③文学史上作家经常写到的地理环境（如山、海），动物（如夜莺、蜜蜂），植物（如玫瑰、紫罗兰）。第一大类基本上属于我们今天所说的情境，而第二大类与第三大类则差不多属于人物。但梵·第根的分类颇有些含混不清，人们实在搞不懂幻想的文学典型与传说中的人物有何区别。因此，他的分类未被比较文学界广泛采纳。

罗马尼亚学者迪马则提出另一套分类，他将主题学研究的对象分为五类：①典型情境。如为了天职、不忠、复仇、嫉妒而死，等等。②地理题材。譬如，围绕威尼斯这个城市曾有过一系列的文学作品。③传统描写对象。指植物、动物、非生物等。譬如西方诗歌中的玫瑰花题材，从希腊和拉丁诗歌，中世纪时期的拉丁、法国、意大利诗歌到文艺复兴时期法国和意大利诗歌，从浪漫主义时期欧洲各国诗人的作品，直到当代的一些诗作，此题材世代沿袭，越写越盛。④世界文学中常见的各类人物形象。如民族形象——土耳其人、犹太人等，职业形象——士兵、军官、男仆、名妓等，社会阶层形象——农民、贵族、无产者等。⑤传说中的典型。如希腊神话传说中的普罗米修斯、俄狄浦

① 乐黛云主编《中西比较文学教程》，高等教育出版社，1988，第72页。

斯,《圣经》中的撒旦、该隐、犹大,民间传说中的浮士德、唐璜等。

迪马的分类虽然比梵·第根要明确许多,但仍偏重文学现象的表层而未能结合文学的内涵来考察主题学的研究对象。不难发现,上述几种分类方法,虽然基本上也勾勒出了主题学研究的对象和范围,但还是存在着一些模糊不清的地方。譬如,梵·第根所说的“幻想的文学典型”与“传说中的人物”两者之间的界限就很难划出。属第三类的希腊神话与属第二类的古代传说区别何在?至于迪马的分类,似乎更多地着眼于研究对象,而甚少注意明确的研究领域的划分,从而使研究者看了以后仍有无从着手之感。

鉴于此,我们尝试对主题学的研究对象和范围做以下的划分。

①文学中不断重现的自然现象,或称之为永恒的人类问题和行为模式;②反复出现的母题;③反复出现的情境;④反复出现的文学类型;⑤反复出现的知名文学形象。

第二节　主题和母题

主题和母题是主题学中两个最重要的核心概念,同时也是较易混淆的两个概念,并已引起较多的分歧。在文学批评实践中,母题和主题往往成为可以互为替换的术语。但随着主题学的发展,学者们不断尝试区别这两个基本概念。归纳起来,母题与主题的区别表现在以下几个方面。

首先,从一篇具体的文学作品来看,母题是较小的单位,主题是较大的单位,主题常常通过若干母题的组合而表现出来。如古希腊悲剧《俄狄浦斯王》,经由神谕、弃婴、不相识的父子之间的争斗、杀父、斯芬克斯之谜、娶母、追缉凶手、放逐等母题的组合,表现了人与命运的抗争及控诉命运的不公这一主题。

其次，就主观与客观的关系而言，母题往往呈现出较多的客观性，不提出任何问题，而主题则带有较强的主观色彩，并上升到问题的高度。因此，同一母题在不同时代的文学作品中会因问题的不同而被赋予不同的主题意义。同样是“家族”母题，巴金的长篇小说《家》，赋予它以道德批判主题，而老舍的《四世同堂》，则表现了爱国主义主题。

再者，存在普遍性与个别性的差异，母题是普遍的存在，主题则是个别的表达。文学作品的主题变化万千，难以数计，而母题却相对有限。有学者估计，作家们可利用的母题只有一百个左右。

一、母题研究

文学作品中的母题是主题学最基本的研究对象。德国学者弗伦泽尔说：“‘母题’一语系指一个较小的主题的单位，它还不包括整个情节或故事脉络，而是在其自身内形成同内容和情景有关的一个元素。在内容相对单纯的文学作品中，它能以压缩形式通过核心母题表现出来；不过一般说来，在文学类型中，需有几个母题构成内容。”[①]俄国形式主义学者托马舍夫斯基也说：“作品不能再分解的部分的主题称为母题。实际上，每个句子都有自己的母题。”[②]

这些论述使我们注意到在主题学研究中纯粹母题研究的意义。

母题还与人物类型有着密切的关系。这里指的是两种人物类型，一种是

① 北京师范大学中文系比较文学研究组选编《比较文学研究资料》，北京师范大学出版社，1986，第339页。

② 托马舍夫斯基：《文学理论·诗学》，莫斯科国家出版社，1928，第137页。

某些神话传说中的人物，这些人物的个人性格往往已经退居次要地位。如大禹、愚公、精卫等，人们在提到他们的名字时，已经几乎把他们的个性全部滤去，只剩下“公而忘私”“决心和意志”“锲而不舍”等这样一些母题。另一种类型是由母题生发出来的文学形象，如由“贪婪”这一母题所生发出来的阿巴贡、葛朗台，由“嫉妒”这一母题所生发出来的奥赛罗，等等。中国文学中“智慧”母题的代表诸葛亮，“为有情人牵线搭桥”的母题代表红娘等，也属于此种类型。

严格说来，这两种人物类型，不管是第一种还是第二种，其实并不全是母题的代表，它们同时也会有主题的成分。但是，由于它们比主题具有更广泛的普遍性，因此对比较文学来说，它们也就更具主题学研究的价值。

综上所述，母题研究大致可分为以下两个具体方面。

一是纯粹母题研究。这种研究可以局限在国别文学和民族文学的框架之内，也可以跨越国别和民族的界限，对各民族的神话传说和传统文学中的母题进行研究。我国学者王立梳理、归纳的“中国古代文学十大主题”就属于这样的研究。作者对我国浩瀚的古代文学进行梳理，归纳出十个最基本的主题。这些主题其实大多就是母题，如生死、别离、相思、春恨、悲秋等。西方文学中常见的母题有诱拐、叛逆、谋杀、仇恨、嫉妒，等等。以“诱拐”（或者说“私奔”）母题为例：希腊神话中的特洛伊王子帕里斯对海伦的诱拐，固然引发了一场长达十年、劳民伤财的特洛伊战争，但在“不和的金苹果”这样一个神话传说的背景之下，人们读到这个诱拐故事，恐怕很少会把它与残忍、无情、血腥的战争相联系，而更多地体会到一种浪漫、神奇的色彩。相比较而言，艾米莉·勃朗特的《呼啸山庄》中希斯克厉夫对画眉山庄的小姐伊莎贝拉的诱拐，则充满了阴谋与报复的成分，给人以仇恨、阴暗之感。

二是人物母题研究。中西文学中的神话传说人物和文学作品人物尽管如恒河沙数，但上升为母题象征的人物并不是很多，对这些具有母题性质、象征意义的文学或传说人物进行比较研究，是很有意义的。如西方的美狄亚、普罗米修斯、浮士德、阿巴贡、奥赛罗，中国的诸葛亮、包公、愚公、登徒子等。必须说明的是，有些人物属于明显的母题，如美狄亚，就是一个“复仇”的母题，诸葛亮就是一个“智慧”的母题。

二、主题研究

作为主题学范围里的主题研究，它关注的对象不是个别作品的主题，而是主题的相互取舍、相互联系和相互影响。具体地说，就是研究同一主题在文学史上的不断重复和演变，不同作家对同一主题的接受和处理。虽然如前所述，母题的数目有限，而主题的数目多得无法计数。但是，当纵观世界文学史时，我们不难发现，有不少主题在不同时代、不同国家或不同民族的文学里经常出现，并且不断被不同的作家所采用。

如前文提到的俄狄浦斯王所表现的人与命运的主题，希腊悲剧作家索福克勒斯写过，法国古典主义剧作家高乃依写过，英国诗人德莱顿写过，法国启蒙运动时期的大作家伏尔泰也写过。为什么这些不同民族、不同国家、前后相距几千年的作家，会对这同一主题表现出如此浓厚的兴趣呢？他们笔下的俄狄浦斯是不是如出一辙呢？假如不是，那么有哪些差异？造成这些差异的原因又是什么？这一切都给主题学提供了值得钻研的课题。

主题学中的主题研究的第一个方面就是作家对业已存在的故事、情节、事件，包括作家对前人作品的再加工和重新处理。譬如法国作家伏尔泰对中国元杂剧《赵氏孤儿》、德国剧作家布莱希特对《包待制智赚灰阑记》（亦作《包待制智勘灰阑记》）从情节到题旨的再处理，等等。

由于文学作品中的主题往往通过人物表现出来，因此主题学研究的第二方面也就与代表一定主题的人物形象有关。这些人物，有的在历史上实有其人，如贞德、杨家将；有的则是神话、传说或文学作品创造出来的，如孟姜女、梁山伯、祝英台、普罗米修斯、美狄亚、唐璜、浮士德。

主题研究的第三个方面是作家对某些已经取得一定主题含义的植物、动物和地理题材等的再处理。有些动植物，如杜鹃、夜莺、蟋蟀、玫瑰、松柏、水仙、兰花、白桦，以及有些地理环境、天象和气候现象，如高山、大海、日出、星空、四季的变换等，经过几千年来诗人的吟诵、作家的描写，已经上升为某种象征（或称意象），获得某种特定的主题含义，因而也成了主题学研究的对象。譬如日本学者曾对中国古典诗歌中杜鹃花和杜鹃鸟这两个主题进行了相当深刻的考察。

第三节　题材·意象·情境

一、题材

在主题学研究中，题材也是一个重要的研究内容。早期的主题学研究甚至被称作题材史研究，即研究不同作家对相同或相似题材的不同处理。题材史研究的意义，可以借用顾颉刚在他的《孟姜女故事研究集》中的一段话来说："我们可知道一件故事虽是微小，但一样地随顺了文化中心而迁流，承受了各时各地的时势和风俗而改变，凭借了民众的情感和想象而发展。我们又可以知道，它变成的各种不同的面目，有的是单纯地随着说者的意念的，有的是随着说者的解释的要求的。我们更就这件故事的意义上面看过去，又可以明了它的各种背景和替它出主张的各种社会。”[①]

所谓题材，通常是指可以构成一个完整的故事或情节的素材，其中包括人物及相宜的姓名，它是摆在读者眼前的生活的一个侧面，或是实实在在的生活，或是想象中的生活。但题材并不等于原始材料。

如孟姜女的故事，其题材“杞梁妻哭夫”已经是一个完整的故事了。但是在不同时期，由于各个历史阶段的社会风俗、道德观念等的不同，这一题材便发生了演变，如顾颉刚在《孟姜女故事的转变》中指出的：“杞梁之妻的故事中心，在战国以前是不受郊吊，在西汉以前是悲歌哀哭。在西汉的后期，这个故事的中心又从悲歌而变为‘崩城’了。”

顾颉刚在《孟姜女故事的转变》一文中考证了孟姜女（杞梁之妻）最早载于《左传》，她是一个“知礼”“守礼”的人，《左传》记载齐侯打莒国，杞梁战死。齐侯在回宫的路上遇见杞梁的妻子并向她吊唁。杞梁之妻拒不受悼，认为这不合礼法，齐侯只好到她家里去吊唁。战国中期，《檀弓》所载曾子的话，提及同样的故事，但强调“其妻迎其柩于路而哭之哀”。又引淳于髡的话：“杞梁之妻善哭其夫而变国俗。”杞梁妻从此与歌哭相联系。顾颉刚引证了多种材料证明当时齐国歌唱风气很盛，特别是哭调的哀歌。正是这种社会风气赋予杞梁妻新的特点。

到了唐代，这个故事又有了新的发展。这种发展最早见于唐末诗僧贯休的《杞梁妻》：

秦之无道兮四海枯，
筑长城兮遮北胡。
筑人筑土一万里，
杞梁贞妇啼呜呜：

① 顾颉刚：《孟姜女故事研究集》第1册，上海古籍出版社，1984，第123页。

“上无父兮中无夫，
下无子兮孤复孤。”
一号城崩塞色苦，
再号杞梁骨出土。
疲魂饥魄相逐归，
陌上少年莫相非。

在这首诗中，杞梁成了秦朝人，他不是战死而是被筑在长城里，杞梁妻一哭而长城崩，再哭而丈夫的骸骨出土。从此以后，这对夫妻的故事就与长城联结在一起。顾颉刚从“文学本身的发展”和“唐代时势的反映”两方面来分析了这个问题：从文学方面来讲，当时盛行的乐府诗描写悲苦的筑城惨死，很容易和“哭倒城墙”的杞梁妻结合在一起；从社会方面来讲，唐代武功极盛，闺中少妇，都有一股哭倒长城的怨气。

在俗文学中，关于孟姜女的传说更多。《曲录》就有关于孟姜女的多种记载，目前我们还能见到的《孟姜女送寒衣》唱本，把哭倒长城这一题材发展成为一个复杂的故事。故事叙述员外之子万喜良，被强迫去筑长城，途中逃脱与孟姜女结为夫妻。“新婚之夜又被抓获，解到长城身有病，筑城三日命归阴”，孟姜女哭倒长城，“高哭三声天又暗，低哭三声地又昏，高哭三声城又塌，露出喜良尸骨真”，孟姜女大骂昏君被押到金殿，“万岁一见龙颜喜，原来此女貌超群，孟姜若肯嫁朕身，封她正宫第一人”。孟姜女提出了在长城上造高桥筑坟，皇帝亲到长城祭奠等条件，皇帝一一遵从，最后孟姜女从高桥跃下自杀。故事的主题从一般的男女之情发展为对暴君的控诉和揭露。

总之，从“哭倒城墙”这一题材的历史溯源，可以探察到主题从对“知礼”“讲礼”的赞扬，到对深闺怨妇的同情，再到对连年征战、不顾百姓死活的暴君的憎恨。这一主题的发展又是和文学本身的发展以及社会本身的发展紧密联系在一起的。从题材的流变来探究主题的流变，孟姜女故事是一个很好的范例。

二、意象

如果说题材、题旨和主题相对而言是较为宏观的整体研究，那么，意象就属于相对微观的具体分析。

所谓“意象”，简单说来，可以说就是主观的“意”和客观的“象”的结合，也就是融入作家思想感情的物象，是被作家赋予某种特殊含义和文学意味的具体形象。例如，水本是一种自然物，本身并无任何与人类情感有关的含义，但在文学作品中，水却被赋予特殊的意味。在中国，水总是带有逝去的时光的意味。从孔夫子的“子在川上曰：‘逝者如斯夫，不舍昼夜’”，到后来的“如花美眷，似水流年”“落花流水春去也，天上人间”等都包含着同样的意味。另外水还常与顽强相连，如“水滴石穿”；与灵活智慧相连，如“智者乐水”；与洁净相连，如“明澈如水”；与恬淡相连，如“君子之交淡如水”等。水以其无色、洁净、透明，既象征纯洁又象征新的生命，基督教的洗礼仪式即是以水洗去原罪的污浊，获得新生。我国傣族的泼水节，水亦有净化之意。人类对水既依赖又有些恐惧感，这种恐惧典型体现在神话中的大洪水，洪水成了灾难、秩序破坏的象征，但洪水过后也意味着一种新生。这种“水中之再生”同样出现在不少民族的“弃儿型神话”中。当然，意象也并非一成不变，随着时间的推移，意象本身也在不断发展变化。

三、情境

在主题学研究中，还有一个和母题、主题、题材、意象一样重要的研究内容，这就是情境。情境，有时译作形势、局面。实际上，情境指的是文学作品中（或是生活中）常见的一种典型的格局，诸如两个男人之间的一个女人；一名男子爱上一位姑娘，但这位姑娘却爱上另一个男子；被遗弃的女人；两个朋友或父与子之间的冲突；仇人子女的相爱，一对青年男女相爱，但最后却发现他们的父辈是仇敌。

维斯坦因把情境定义为“人的观点、感情或行为方式的集合，它们产生或产生于几个个体参与的行动”[①]。此话使人想起了托马舍夫斯基的另一句话：“情境就是人物在每个特定时刻的相互关系。”[②]

确实，每个特定的情境都为读者展示出人物间的某种关系，同时又交织着作家以及作品中人物的观点和感情，牵制甚至左右人物的行动，从而衍生出各种各样的情节。譬如，男主人公爱上了女主人公，但是女主人公却爱上了男主人公的竞争者，在这个情境里，三个人物两条线索（男主人公对女主人公的爱情和女主人公对竞争者的爱情）构成了一组隐伏着剧烈冲突的关系。再譬如，男女主人公相亲相爱，海誓山盟，但是家长（或一方，或双方）却阻挠他们的结合。这个情境同样揭示了一组充满矛盾的人际关系。

因此，从某种意义而言，文学作品中的情境实际上也就是一种典型的人生境遇，在这种境遇之中潜伏着一种特定的、令人紧张的情势。这种情势随着作品情节的发展而增强，直到作品的最后才得到解除——或是悲剧性的，或是喜剧性的。

比利时学者特鲁松的观点则使我们看到了情境与母题的关系。他说：“母题是什么？我们选用了这个用语来标明一种环境，或者一个大概念，要么

---

① 北京师范大学中文系比较文学研究组选编《比较文学研究资料》，北京师范大学出版社，1986，第 340 页。

② 托马舍夫斯基：《文学理论·诗学》，莫斯科国家出版社，1928，第 134 页。

指某种态度和叛逆，要么指一种基本的非个人的情境，其中，演员尚不具个人特色。比方说，处于两个女人之间的一个男人，两个朋友或者父与子之间的冲突，被遗弃的女人等情境。”①

显然，母题与情境关系之密切不亚于母题与主题之间的关系。但是，母题与主题是一种易于混淆的关系，而母题与情境则是另一种相互依存的关系。因此我们可以说，每一个特定的情境必然蕴含着一个母题。譬如，“两个女人之间的一个男人”“女儿与父亲政敌的儿子相爱”，这两个情境就清楚地昭示了“爱的选择”和“爱情与责任的冲突”这样的母题。也许，正是有鉴于此，维斯坦因才说“母题出自情境”。

有学者指出，情境和母题一样，其数目也相当有限，甚至比母题的数目还要少。有人则认为情境能够按多种方式组合，从而形成无数的情境，因而它的数目是无限的。两种意见，貌似相左，其实并不矛盾，因为前者强调的是文学作品中的基本情境，而后者着眼于基本情境的组合。情境的组合当然是无穷无尽的，否则哪有许多新作品源源不断地问世呢？

实际上，主题学要研究的也正是这有限的基本情境，怎样从一个国家（民族）传入另一个国家（民族），从一个作家的笔下传到另一个作家的笔下，然后不断标新立异，成为无数具有鲜明时代色彩、民族特征和个人风格的作品的过程。

因此，情境研究通常可从以下两个方面进行：

一是对文学中常见的特定情境，以及不同作家对基本情境的不同处理的研究。诸如爱情与责任、道德、伦理等的冲突，三角恋，人鬼情，等等。这种情境在莎比亚的《罗密欧与朱丽叶》、席勒的《阴谋与爱情》、蒲松龄的《聊斋志

---

① 北京师范大学中文系比较文学研究组选编《比较文学研究资料》，北京师范大学出版社，1986，第 339 - 340 页。

异》，以及许许多多的爱情小说里都能见到。从主题学的角度研究这些作品中表现的各样的情境，不仅可以让我们窥见文学大师们高超的文学天才，还可以让我们进一步认识文学艺术无穷无尽的魅力。

二是对情境母题的研究。这种研究旨在挖掘传统文学中含有母题的情境，并进行梳理。例如：三角恋；丈夫外出（征战、从商等）久无音信，妻子改嫁后他却突然归来；不相识的父子之战；等等。中国古典戏剧中的“落难公子中状元，私定终身后花园”也是一个典型的戏剧情境，历代戏剧家围绕着这一个特定情境，演变出许多剧本，久演不衰，其中的奥秘，实在很值得探究。

思考题

1. 主题与母题的联系与区别是什么？
2. 谈谈主题学中的题材、意象、情境研究。

拓展阅读

第七章　译介学

译介学不同于一般意义上的翻译与翻译研究，而是从比较文学中媒介学的角度出发，着眼于从比较文化视野出发研究翻译（尤其是文学翻译）。它不关注语言层面上出发语和目的语之间如何进行转换的实际问题，不关注翻译技巧和翻译训练问题，也不对翻译方法、翻译水平、不同的译文作出高下优劣的价值判断，它关注的是两种不同文化背景的语言，在转换过程中文化信息的失落、变形、扩伸、增生等问题，关注翻译（主要是文学翻译）在人类跨文化系统交流的实践活动中特殊的意义和价值。

第一节　译介学的定义与译介学同传统翻译研究的区别

一、译介学的定义

众所周知，翻译的目的是让使用不同语言的人们能彼此沟通。能够直接阅读外国文学原著的人毕竟是少数，因此，翻译就成为介绍、传播外国文学的一种重要方式。事实证明，翻译不只是简单、直接的语言转换问题，其中包蕴着丰富而深刻的文化内涵。随着翻译在比较文学界的地位越来越高，人们越来越注重对翻译的研究，译介学也因此从“媒介学”中脱颖而出，成为近年来比较文学领域讨论的热点话题之一。

简而言之，译介学是一种翻译研究，是从比较文化的角度对文学翻译和翻译文学进行的研究。其中文学翻译与翻译文学既密切相关又相互区别，大体来说，前者侧重于译者和翻译的行为，后者则侧重于译本。不过，在批评实践当中，二者的界限似乎不是那么明显，以至于常常被混用。之所以如此，主要还是译者、翻译行为、译本相互牵涉，人们实在很难将它们明确分开。此外，还要强调一点，读者对译本的阅读、理解、评价作为翻译的结果之一，对文学翻译以及翻译文学有重要影响，也是文学翻译及翻译文学不可或缺的一个组成部分。因此，读者接受也应当成为译介学研究的一个重要方面。

二、译介学同传统翻译研究的区别

应当承认，早在译介学兴起之前，翻译研究就已经广受关注并且成果斐然。相对于今天所谈的译介学，我们不妨将以往的翻译研究称作传统的翻译研究。那么，随之而来的一个问题便是，译介学与传统的翻译研究区别何在呢？要搞清楚这个问题，首先有必要对传统翻译研究做一个归纳。

概言之，传统的翻译研究大致分为三类：第一类属外语教学范畴，旨在探讨对外语的理解与表达。例如，如何理解英语中的某些特殊句型，像虚拟语气、强调句型、独立主格结构等；研究翻译的技巧，如长句的处理、某些外语结构的汉译分析等；探讨翻译成就等。第二类属翻译理论范畴，大多是结合现代语言学、交际学、符号学等各种理论，或结合民族、社会、文化等方面的差异，对翻译现象进行理论阐发，由此总结出能指导翻译实践的理论，如等值翻译论、等效翻译论等。第三类属翻译史范畴，包括对翻译活动和翻译事件的历时性描述，以及对翻译家、文学社团、翻译流派的翻译主张、成败得失的探讨，对同一原作的不同译本的比较等。

由此可见，上述研究，尤其是第一、二类大多属于语言研究，而我们知道，比较文学归根到底是一种文学研究。鉴于此，如果站在比较文学的立场来探讨翻译研究，或者说探讨译介学，首先就必须要调整以往的视角或者说关注的重心，即从语言学转向文学。

传统翻译研究以原作和著作为中心，以译作是否忠于原作作为评判翻译好坏的标准。这种原著中心论的翻译观，长期以来左右着翻译界，并把翻译研究的关注点集中在尽善尽美地传达原文的意思上，要求译者以重视原著作为译作追求的目标。围绕译作与原作之间的关系，许多翻译家都确定了关于翻译标准的原则，像严复的“信达雅”，傅雷的“神似”都是我们耳熟能详的见解。而比较文学的译介学研究不注重语言表达是否准确、流畅、优美，而着重考察蕴含在翻译现象背后的文学研究的意义。因此，相比较而言，译介学缺乏对外语教学和翻译实践的指导作用，却对文学史、文学理论等的研究具有重要参考价值。也正因为如此，不仅那些公认的翻译佳作，还有那些漏译、误译之作，也成为译介学的研究对象。

具体来看，比较文学的译介学同传统翻译研究的区别主要表现在以下几个方面。

第一，研究角度不同。传统翻译研究主要是站在语言学的角度，考察不同语言之间相互转换的技巧与标准。译介学则站在文学研究的角度，将研究对象（包括译者、译作、翻译行为等）置于不同民族、文化和社会背景之下，审视和阐发民族、文化和社会的交流情况。

在诗歌翻译当中，译介学的研究尤为重要。李白的《静夜思》中没有人称和时态的变化，所以读者读起来，就可以用个人体会去感受诗人的情感，同时又可以把这一句看作是一种超越时空的普遍情感。我们来看《静夜思》的英文翻译：Before my bed a pool of Light. Can it be hoarfrost on the ground? Looking up, I find the moon bright; Bowing, in homesickness I'm drowned. 为了符合英语读者的审美习惯，译者在翻译的时候加了一个第一人称"I(我)"。这就把一个既含有个人情感又含有普遍情感的含蓄朦胧意境变成了一种个人经验，削弱了原作的张力和美感。

第二，研究重点不同。传统翻译研究注重语言的转换过程以及与之相关的理论问题，译介学则关注这些转换过程中表现出来的文化和文学的交流，其中既包括它们的相互理解与交融，也包括相互误解与排斥以及由此而导致的文化的扭曲和变形等。

例如在20世纪五六十年代，中国的寒山诗在美国的嬉皮士中广泛流传。这首先应该说得益于美国诗人史耐德对寒山诗作的翻译。译介学虽然有时也不可避免地涉及翻译的忠实性等问题，但从根本上说，它旨在从文学研究的角度出发，考察美国的"寒山热"背后所包含的不同文学、文化之间的交流情况。

寒山大约生活于中唐时期，生卒年不详(据传其寿命长达百岁以上)，是禅宗高僧，同时也留下了三百多首诗作。据说寒山生性洒脱，不拘俗礼，衣衫褴褛，如痴如癫。寒山的诗歌浅近如白话，多用方言俚语，且富有佛教色彩，因此在正统的中国文学史上，没有受到多少重视，在佛教界和民间则流传较广。总体来说，寒山诗在中国反响甚微，没有引起什么特别的关注或者说推崇。然而，耐人寻味的是，就是这样一个在中国本土默默无闻的诗僧，在时间上相隔千年、空间上相距半个地球之远的20世纪五六十年代的美国，却似乎觅得了知音，不仅大受欢迎，而且倍受尊崇。那么，那些西方现代嬉皮士们，何以对中国古代的一介诗僧这么狂热地感兴趣，不仅在装扮举止方面刻意模仿，而且努力寻求其中的超脱之道？在这里，寒山诗作翻译的忠实与否、准确与否、全面与否等，显然都是次要的，问题的关键，在于考察不同的文化传统相契相悖的特点及原因。20世纪中后期的西方社会拥有较发达的物质文明，然而物质上的繁荣与人们精神上的自由与满足并不同步，第二次世界大战的阴影，更让人们深切地感受到资本主义社会人与人之间的冷漠与残忍。于是，在物化、僵化的社会当中寻找精神的皈依，成为当时西方社会的一股热潮。正是带着这样一种不满与渴求，一批现代西方青年将目光投向遥远的东方，他们惊喜地发现，中国古代高僧寒山，破衫敝屣，崇尚自然，无视世俗常规，追求心灵的解脱、精神的自由，这一切不仅和他们外形上有相似之处，更有一种心灵上的相通。于是，他们对寒山的喜爱、模仿、推崇等，便不难理解了。换句话说，虽然寒山与嬉皮士相距遥远，却由于某种契机实现了一定程度上的沟通与融合。不过，与此同时，由于文化背景、社会历史条件等的不同，中国的寒山与西方现代嬉皮士之间在理想的追求、发展方向、影响等方面还有不少差异。换言之，当寒山漂洋过海来到美国时，其诗作背后的文化内蕴已经多多少少被改变了。凡此种种，都是我们在进行译介学研究时所要特别注意的地方。

例如，有关某些动物名称的翻译，由于各民族对动物的认识、评价不尽相同，很可能造成翻译时意义上的偏差。如英文"She is a cat"直接译成汉语是"她是一只猫"。如果不了解"猫"在英国人心目中的印象，则中国读者恐怕很难从"她是一只猫"一句中领略到这位女子的居心叵测，并且，不仅不会因此而对她心生厌恶和戒备，还有可能通过中国人对猫的印象，误认为这是在夸该女子温柔、恬静。这样一来，无疑与英语原文在意义与情感方面都相距甚远了。由此可见，简简单单的一句话，翻译起来也不存在什么词汇、语法、修辞方面的困难，但其中却包含大量文化信息，确实耐人寻味。

第三，研究目的不同。传统翻译研究的目的是总结和指导翻译实践，比较文学学者则把翻译看作文学研究的一个对象，把任何一种翻译行为的结果(即译作)都当作既成事实接受而不在乎其质量的高低优劣，并在此基础上展开对文学交流、影响、接受、传播等的考察与分析。因此，相对而言，比较文学的译介学研究比传统翻译研究视野更开阔，更富审美意味与文化内涵。

中国经常说的一个词“君子”，怎么翻译？学贯中西的辜鸿铭将“君子”翻译成 a wise man(字面意思为一个聪明的人)，但这个翻译马上就遭到了抨击，因为该翻译只是强调了君子的智慧超群，但没有把君子要具备高尚品德翻译出来。后来又有人翻译成 gentleman(本义为绅士、有教养的人、有身份的人)和 superior man(本义为优胜者、高手)，但看似很超越但却给人一种居高临下的感觉，所以说君子这个词在西方很难找到相应的词。中国文学尤其是诗歌，经常运用一些富有诗意的点到即止的描述性语言，但往往是只可意会不可言传。比方说，飘逸、雄浑、神韵、风骨等这些描述作品风格的词语，含义是很难言明的，它们更多讲究的是感受体验。有学者说过，中国古代文论的术语像神龙一样，见首不见尾，一看就明白，一思考就糊涂，翻译时深感不知所措。

这里举一个翻译史上的著名例子——milky way(字面意思为牛奶路)。追溯起来，这个词来源于希腊神话，说的是天神之主宙斯的妻子赫拉出于嫉妒想杀害宙斯与一人间女子所生的孩子，但不小心让孩子碰到了自己的乳房，于是，天后赫拉的奶水喷射而出，飞洒天空，形成一条由奶水铺设的路。懂得了 milky way 一词的神话渊源，则我们对半个多世纪前赵景深的翻译——牛奶路，恐怕多少是可以理解了。然而，对于多数中国读者来说，将 milky way 译成牛奶路，终究让人感到很费解，这一翻译也因此长期以来成为翻译史上的一个著名的反面教材。不过，如果将 milky way 译成银河虽然可以便于广大中国读者理解，但这一词语所包含的由古希腊神话赋予的浪漫、神奇色彩以及丰富的文化内涵,又不免消失殆尽,这无疑也是一件非常遗憾的事情。与此同时,中国的银河背后也包含着一个美丽、动人的传说,那就是"牛郎织女"的故事。按照这个传说,牛郎和织女冲破天条,大胆在人间真诚相爱、组建家庭。冷酷的王母娘娘不甘心天威被触犯,一怒之下,派天兵天将把织女抓回天宫。牛郎在老牛的帮助之下上天寻找自己心爱的妻子,哪知夫妻二人刚刚见面,盛怒之下的王母娘娘立即让牛郎与织女之间形成一条天河,把二人隔开,这就是银河的由来。并且,按照这一神话传说,此后,喜鹊们由于同情牛郎织女的遭遇,每年农历七月初七便聚集在银河,用自己的身体在银河上搭起鹊桥,使牛郎织女得以每年相会一次。由此可见,汉语银河一词虽然无法反映 milky way 所包含的西方神话背景,却包含着中国人熟悉的传说故事,给人以无限的遐思。鉴于此,在翻译当中,既要注意维持译文的客观、准确,又要努力传递原文所隐含的深厚的历史文化底蕴。由此出发,再来考察不同民族之间文化的交流、互补、互动等,这的确是译介学非常有价值的一个研究课题。

第二节 翻译中的创造性叛逆

所谓翻译中的创造性叛逆,指的是译者、读者与接受环境在翻译(这里主要指文学翻译)与接受译作的过程中以本民族语言为依托,使原作本土化,以适应本民族的文化传统、阅读习惯、艺术趣味、道德规范等。一般说来,文学翻译的这种叛逆性的再创造同各国文学之间交流的程度成反比,换言之,各国文学之间交往越密切,则翻译过程中出现的叛逆越少。之所以出现这种情况,是因为伴随着各方交往的日益密切,它们彼此之间趋同的成分在逐渐增加。

创造性叛逆这一说法是法国学者埃斯卡皮提出来的，用他的话说："翻译总是一种创造性叛逆……说翻译是叛逆，那是因为它把作品置于一个完全没有预料到的参照体系（指语言）里，说翻译是创造性的，那是因为它赋予作品一个崭新的面貌，使之能与更广泛的读者进行一个崭新的文学交流，还因为它不仅延长了作品的生命，而且又赋予它第二次生命。"[①]不难看出，埃斯卡皮主要是从语言转换的角度来谈翻译所赋予原作的新的生机与活力，而对其中所包含的更丰富、更深入的社会、文化等方面的内容，则缺乏全面、具体的分析。

其实关于译作对原作的"叛逆"，中外很多学者文人都从不同角度出发进行过阐述。如钱钟书在《林纾的翻译》一文中这样生动地描述："从一种文字出发，积寸累尺地度越那许多距离，安稳到达另一种文字里，这是很艰辛的历程。一路上颠顿风尘，遭遇风险，不免有所遗失或受些损伤。因此，译文总有失真和走样的地方，在意义和口吻上违背或不尽贴合原文。"在这里，钱钟书将翻译比作长途旅行，难免有所遗失或变化。翻译家傅雷也在《高老头》重译本序言中谈道："即使是最优秀的译文，其韵味较之原文仍不免过或不及。"其中应该有他自身在翻译过程中的心得体会。弗洛斯特则干脆直言诗是在翻译中丧失掉的东西，这一结论看似偏颇，却也隐约透露着对于翻译无法表达诗歌本来面貌的一种无奈与失望。相比之下，克罗齐的态度更加显得激烈，他明确表示，凡是真正的艺术品都是不可翻译的。

确实，古今中外的一部部文学作品，正是依靠文学翻译的创造性才得到跨越地理、超越时空的传播，因而，比较文学研究文学翻译的创造性叛逆具有特别的意义和价值。

---

① 埃斯卡皮：《文学社会学》，王美华、王沛译，安徽文艺出版社，1987，第268页。

“创造性叛逆”的基本特点有两个：第一，因文学翻译将一部作品引入了一个新的语言环境，因而原作会产生一系列的变形；第二，文学翻译把原作引入了一个原作者原先所没有预料到的接受环境，并改变了原作者原先赋予作品的形式。从翻译主体即译者的角度而言，创造性叛逆的这些特点表明：文学翻译的过程是译者以自己的艺术创造才能努力去接近和再现原作，但为了达到某一主观愿望往往容易造成一种译作对原作的客观背离，并且这二者相互交织，无法分离，诗歌翻译最为典型。

从比较文学的译介学角度看，文学翻译中的创造性叛逆所涵盖的内容相当广泛，因为就创造性叛逆的主体而言，就包括译者、读者和接受环境。下面，我们就根据叛逆主体的不同，分别探讨译者、读者以及接受环境的创造性叛逆情况。

一、译者的创造性叛逆

译者的创造性叛逆具体表现为个性化翻译、误译与漏译、节译与编译、转译与改编。

(一)个性化翻译

优秀的译者在进行文学翻译时，有自己的翻译原则以及独特的追求目标。例如，同样是翻译拜伦的《哀希腊》，不同的译者采用了不同的形式，其中渗透着他们各自不同的个性特征。以全诗第一句为例：

The isles of Greece, the isles of Greece!

Where burning Sappho loved and sung...

梁启超用元曲的形式翻译：

希腊啊！希腊啊！你本是和平时代的爱娇，你本是战争时代的天骄！……

马君武用七言古诗的形式翻译：

希腊岛，希腊岛，诗人沙孚安在哉？爱国之诗传最早。……

苏曼殊用五言古诗的形式翻译：

巍巍希腊都，生长奢浮好。情文可斐亹，荼辐思灵保。……

胡适用离骚体的形式翻译：

嗟汝希腊之群岛兮，实文教武术之所肇始。

诗媛沙浮尝咏歌于斯兮，亦羲和、素娥之故里。……

不同的形式不仅赋予拜伦诗作以不同的面貌，而且还塑造了各不相同的诗人拜伦的形象。同一首英诗的汉译，之所以会出现这样大的差异，一是因为译者的人生志向不同，二是因为译者的文学观念不同。简单说来，梁启超借用元曲来宣扬其政见，马君武采用七言古诗来哀叹民族的命运，苏曼殊取五言古诗来抒发个人情怀，胡适则要用离骚体来进行语言文化的比较。总之，译者的个性化色彩在其翻译当中有明显的体现。

个性化翻译的特征有二：归化与异化。

所谓归化，指译者表面看来用极其自然、流畅的翻译语言去表达原作的内容，但在更深层面上却不同程度存在着用译语文化“吞并”原作文化的问题。

如严复翻译的《天演论》是公认的译界精品，该译本除了原作正文以外，还增添了前面的导言和后面的按语（全书共有按语二十九条），导言和按语除讲解原作主要论点与西方学术情况外，还有针对当时中国政局所发的评论，再加上翻译者古朴典雅、气势恢宏的桐城派散文文风，使整部严译《天演论》产生了令人“倾倒至矣”的效果。

另外，谈到归化，林纾的翻译颇能说明问题，尤其是他的早期译作，其中不少带有明显的归化特征。众所周知，林纾并不通晓外语(如他自己所言："鄙人不审西文，但能笔达；即有讹错，均出不知。")，只是在助手口译的基础上再加工、润色，留下了大批历来褒贬不一的译作。林纾具有较为深厚的古文功底，在翻译中所用的文体便是他心目中认为较通俗、较随便、富于弹性的文言，不过，这种文言虽然保留了一定的古文成分，但比古文要自由得多，在词汇、语法等方面都有很大的包容性。此外，林纾本人擅长写小说，在翻译时碰到他自认为是原作的弱笔或败笔，便忍不住"技痒"，于是抢过作者的笔代他去写(其中也不乏删改)。上述种种，使得林纾的译作带有浓厚的"中化"色彩，或许更确切地说，应该是"林化"色彩，这也使中国读者对他的译作有一种似曾相识的感觉，读来倍感亲切。

如《滑稽外史》第十七章，写时装店领班那格女士听见顾客说她是老妪，恼羞成怒，回到缝纫店里，披头散发，大吵大闹，把满腔的嫉妒、愤怒都发泄在年轻貌美的加德身上，她身边的许多女孩也随之附和着，一时间好不热闹。我们来看林纾译文中的一段：

> 那格……始笑而终哭，哭声似带讴歌。曰："嗟乎！吾来十五年，楼中成谓我如名花之鲜妍"——歌时，顿其左足，曰："嗟夫天！"又顿其右足，曰："嗟夫天！十五年中未被人轻贱。竟有骚狐奔我前，辱我令我肝肠颤！"

这一番哭闹俨然中国戏曲中的一出连唱带做的小丑戏，相信许多中国读者读到这里，都会倍觉熟悉、亲切。然而，如果打开狄更斯的原文，我们会很惊奇地发现，原来这段"似带讴歌"的顺口溜是林纾对原文进行加工改造的结果。在翻译的时候，林纾恐怕是觉得狄更斯的描写还不够淋漓尽致，所以再浓浓地渲染一下，不仅表达了狄更斯的幽默，而且还平添了不少人物和场景的笑料。正如钱钟书所言，林纾"往往是借助自己的'谐谑'，为狄更斯的幽默加油加酱"。

总之，林纾的翻译（尤其是早期许多优秀的译作）巧妙地将原文归化到汉语世界中来，这不仅仅是表面的语言层面上的转化，更重要的是中国文化在其中的自然渗透，使得中国读者特别容易接受和吸收，这也是林译本一时之间广为流传的一个重要原因。不过，也因为林纾在翻译的时候自由发挥的成分比较多，加之他本人不懂原文，于是造成了林译本中除了增译之外还有不少漏译、误译之处，这也是林译本长期饱受非议的一个重要原因。

所谓异化，指译语文化屈从原作文化的现象。

如美国诗人庞德在翻译中国古诗的时候，就有意识地不理会英语语法的规则，而力图呈现汉诗的原貌，这种译法直接引发了美国的一场新诗运动。

总之，归化与异化表明了翻译中的两种相反倾向，前者倾向于译语文化，后者倾向于原作文化。二者应当说都渗透着译者的个性特征，包括价值取向、审美追求等，与当时特定的历史文化背景也不无关联。

（二）误译与漏译

误译分为有意识误译与无意识误译两种类型。

有意识误译是指译者为了迎合本民族读者的文化心态和阅读习惯，或者为了强行引入或介绍外来文化模式和语言方式，故意不用正确手段进行翻译。如阿·托尔斯泰的《苦难的历程》三部曲，英译名是 *Road to Calvary*——译成中文便是“通往卡尔瓦利之路”。这里，英译者故意用一个含有具体象征意义的词语 Calvary（据《圣经》记载，Calvary 是耶稣的受难像，指代苦难、痛苦），使阿·托尔斯泰的英译本被蒙上了一层浓厚的宗教色彩。至于庞德对中国古诗的翻译，则属于有意识误译中的第二种情况，即为了引进外来文化模式和语言方式。这种翻译如鲁迅所说，不但在输入新的内容，也在输入新的方法。我国对国外的一些书名、电影片名采取这种译法，突出了翻译中的创造性叛逆，不但能传原作之神韵，有些还能更胜一筹，比如，把《麦迪逊县的桥》译为《廊桥遗梦》，把《奥利佛·特维斯特》译为《雾都孤儿》，把《滑铁卢桥》译为《魂断蓝桥》，均不失原意，并且极具富创造性。

不过，绝大多数的误译属于无意识型。如《西游记》中的“赤脚大仙”，被一位英译者翻译成“红腿的不朽之神”。很显然，这位译者不了解“赤”在汉语中有“光，裸露”的意思，而把它错误地理解成“红”的意思。又如陶渊明《责子》一诗中的“阿舒已二八”，在英译中成了“阿舒十八岁”。之所以出现这样的错误，是因为译者不明白汉语中的“二八”是十六岁的意思，而自认为原文“十八”被误印成“二八”，于是自作主张改动而成。这样的误译，显然会造成信息的错误传达。翻译者只有加强对原作者的生平与创作情况以及特定的社会历史背景等的了解，加强语言的锤炼，才能尽量减少这方面的错误。

几十年来，中国的几代读者都习惯于称巴尔扎克的小说总集为“人间喜剧”。有学者对巴尔扎克小说总集的法语原文进行了重新剖析。在题目中有一个关键词“comedie”有两种不同的含义：一是泛指所有的“戏”；另一是指“喜剧”。如果我们仔细阅读傅雷、高名凯等翻译的巴尔扎克的作品，如《高老头》《欧也妮·葛朗台》等便会发现这些小说无一是滑稽的喜剧，“人间喜剧”中并无“喜”，所以巴尔扎克小说总集书名的含义显然应为《人间戏剧》或《人间戏》。在纪念巴尔扎克诞辰200周年之际，法国和中国研究巴尔扎克的专家们经过研讨也得出了同样的结论。因此，新版的巴尔扎克小说总集的中译本，已将书名改为《人间戏剧》。

（三）节译与编译

关于节译，如我国早期翻译家伍建光在翻译大仲马的《侠隐记》(《三个火枪手》)时，因为担心中国读者看不懂太累赘的欧化句法，不容易接受西方小说对景物和人物心理的大段描写，对原作进行了大量删节。这样一来，读者接受起来固然容易很多，但原作的丰富性、复杂性也因此损失了不少。又比如蟠溪子翻译《迦因小传》时将原著中男女主人公两情缱绻、未婚先孕的情节统统删去，以避免与中国传统的道德观念相悖。后来林纾重新翻译此书时，补全蟠溪子所删的情节，果然引起了激烈的反应，有人就此撰文说："吾向读《迦因小传》，而深叹迦因之为人，清洁娟好，不染污浊，甘牺牲生命，以成人之美，实情界中之天仙也；吾今读《迦因小传》，而后知迦因之为人，淫贱卑鄙，不知廉耻，弃人生义务，而自殉所欢，实情界中之蟊贼也。"[①]由此，我们再来反观上述蟠溪子的《迦因小传》，当不难理解蟠溪子对原作进行删节的初衷。

编译是经过重新编写的一种节译。它与一般节译的差别在于，节译本中的句子都是依据原作直接翻译而来的，编译本中的句子则还包括依据原文进行编写、改写以及添写的部分。因此，一般而言，编译对原著造成的变形往往要超过节译，不过，就翻译实践来看，编译与节译常常混杂在一起，根本无法区分。

(四)转译与改编

转译，又称重译，指借助一种语言去翻译另一种语种的文学作品。换言之，在译本与原作之间存在一个用其他语言翻译的译本，用其他语言翻译的译本对译本起着媒介作用，如汉译本通过俄译本来翻译英国小说，通过日译本来翻译德国小说等。这种形式的翻译古今中外都很普遍，如我国最早的汉译佛经大多都不是直接由梵文翻译过来的，而是经过了一个媒介，有学者认

---

① 寅半生：《读〈迦因小传〉两译本后》，载陈平原、夏晓虹编《20 世纪中国小说理论资料》第 1 卷，北京大学出版社，1989，第 228 页。

为是天竺文字或西域文字。日本曾经也通过英文转译法国和俄国的文学作品。

由于媒介语的存在而导致的转译的二度变形、媒介语的变化、转译者对其他语种文学的主观选择和接受倾向等,都是转译研究的重要课题。

文学翻译中的改编,既包括作品文学样式、体裁的改变,也包括语言、文字的转换。如林纾把易卜生的剧本《群鬼》改编成文言小说《梅孽》,朱生豪用散文体翻译莎士比亚的无韵诗体戏剧,纪德与巴罗将卡夫卡的小说《城堡》改编成戏剧等。通常而言,改编对原作内容的传达是比较忠实的,不过,由于文学翻译中普遍存在的创造性叛逆,在改编翻译的过程中,一定的变形现象也是在所难免的。

此外,还有一种改编,是在已有译本的基础上进行的,这严格说来已不属于文学翻译的范畴,只能视作文学翻译的外延,但它对原作进行二度变形的性质与上述改编是一致的。

二、读者的创造性叛逆

读者在文学翻译中的作用通常不为人们所重视,而实际上,读者的创造性叛逆既可以推进译作的流传,也可以抵制译作的流传,读者的接受正是文学翻译实现文学交流的目的所在。

读者的再创造是在译者翻译的基础上进行的,读者在阅读或者说接受译本的过程中不可避免地会融入自己的文化传统、道德观念、价值倾向、审美追求等,由此造成不同的读者对于同一部译作在接受态度上的截然不同。如19世纪英国女作家、著名的"勃朗特三姐妹"之一艾米莉·勃朗特的代表作《呼啸山庄》,尽管它的中文译本也曾轰动一时,但其受欢迎的程度却远远不如同时代的《汤姆叔叔的小屋》《玩偶之家》《母亲》等译本。究其原因，主要有两点：一是相比较后几部作品，《呼啸山庄》显然与中国当时的社会政治以及由此而生发的反抗、革命、图强的民众心理相去甚远；二是小说所表现出的以男主人公希斯克厉夫为代表的表现极端的爱与恨的情感倾向，与中国传统的“哀而不伤”的中庸之道相悖。这样一来，中国读者在接受《呼啸山庄》之初，难以产生情感上的共鸣。而此后，特别是20世纪70年代以来，小说《呼啸山庄》在中国的命运有了很大改变。中国读者对小说中的精神世界描写越来越感兴趣，尤其是小说中描写细腻的矛盾重重、爱恨交加的恋爱心理更是十分吸引读者。所有这一切使得人们开始重新认识和评价《呼啸山庄》，其结果便是，《呼啸山庄》逐渐获得中国读者的认同，成为广受读者欢迎的一部外国文学作品。由此可见，读者的创造性叛逆对于翻译具有重要影响。

三、接受环境的创造性叛逆

接受环境的创造性叛逆与读者的创造性叛逆是密不可分的。因为作为接受者，读者总是要受到一定历史环境的制约和影响，而接受环境的创造性叛逆则最终要由读者的接受来完成。

接受环境的不同有可能导致对同一部作品理解上的大相径庭。如英国作家斯威夫特的《格列佛游记》就其创作初衷来看，是一部寓意深刻的政治讽刺小说，然而当这部小说被译介到其他国家（包括中国在内）之后，人们感兴趣的大多是作者以其丰富的想象力所描绘出来的充满奇情异趣的大人国、小人国的故事，小说也因此成为一本轻松有趣的儿童读物，这无疑是作者始料不及的。

英国浪漫主义诗歌运动的杰出代表人物华兹华斯，其诗歌在英国文坛的影响胜于拜伦和雪莱，但是在中国，其诗歌影响不及拜伦和雪莱。原因之一，他曾被评为“反浪漫主义”的代表，使得不少人还未读他的作品，心里就对他的诗歌产生了一种抵触情绪。原因之二，他那类写大自然的诗在我国并不罕见，他的思想类似老庄，对中国读者来说缺乏新奇感。。

思考题

1. 译介学与传统翻译研究有什么区别？

2. 简述创造性叛逆的概念及类型。

拓展阅读

第八章　形象学

形象学本来是法国学派的一个老话题，是比较文学的法国学派所偏爱的一个研究领域。20 世纪 90 年代，形象学作为比较文学的一门分支学科在中国受到关注。

比较文学形象学并不完全等同于一般意义上的形象研究，它是对一部作品、一种文学中异国形象的研究。这种形象是异国的形象，是出自一个民族（社会、文化）的形象，是由一个作家根据特殊感受所创作出的形象。[①] 在这里，形象是作家及集体对作为他者的异国和异民族的想象物。正因为这里的形象是一种想象，所以变异成为必然。比较文学对于这个领域的研究显然是要注意这一形象产生变异的过程，并从文化、文学的深层次模式入手，来分析其规律所在。

形象学中的形象与一般文学理论意义上的形象，有区别也有相同。二者的相同主要表现在以下两点：第一，形象学和一般文学理论所讨论的形象，概念一致，范围相同。既包括人物形象，也包括其他形象，诸如环境、场面、景

---

① 莫哈：《试论文学形象学的研究史及方法论》，转引自孟华主编《比较文学形象学》，北京大学出版社，2001，第 25 页。

物、画面、氛围、意境等。它是反映社会生活的特殊形式，是作家根据社会生活的各种现象概括、创造出来的具有强烈感情色彩和审美意义的具体可感的图像。第二，在存在形态上，二者都具有多种载体。例如，文学理论中的形象就可以存在于小说、诗歌、散文、戏剧等各种文学体裁中。形象学中的异国异族形象亦然。

但它们的区别也很明显。第一，从研究的范围上看，二者各有所长但又各有所短。一方面，形象学中的形象，仅仅圈定在异国异族这个范围内，而文学理论中的形象，则囊括了古今中外所有文学作品中的一切形象。从这一点来说，形象学研究的范围和内容，远远小于文学理论。另一方面，形象学中的形象既可取自古往今来的一切文学作品，也可取自古往今来的一切历史文献；而文学理论中的形象，则只能局限于古往今来的一切文学作品。从这一点来看，形象学研究的范围又大大超过了文学理论。第二，从研究的重点来看，二者不相同。形象学研究的重点，不在于追问形象自身是否真实、典型，塑造得是否成功，而是挖掘、寻找异国异族形象的文化意蕴，寻找隐藏在异国异族形象背后的创造者的自我形象，研究由异国异族形象身上所折射出来的创造者所属民族的意识、价值观、生活观，以及创造者的个人感受和评价态度等。文艺理论研究的重点在于形象自身。它追问形象是否表现了生活的某些本质方面，是否具有生活的真实性；研究形象是否具有典型性、创新性，是否具有艺术真实性；探讨形象塑造得是否成功，评判形象在文学史上的意义和地位。第三，研究目的亦不同。形象学研究的目的是弄清楚异国异族形象背后所隐藏的自我形象、自我社会意识形态，以及文化意蕴，寻找与各民族进行文化交流和对话的机遇，寻找沟通的突破口；文学理论研究形象的目的，主要是为了探讨作家写的是什么，以及怎样写的问题，从而总结创作成败得失的经验，指导文艺创作。

第一节　中西文本中的异国异族形象

任何一门学科理论的产生，都不是空穴来风，也不是某些理论家凭空想象出来的，而是由实践来提供支撑，形象学亦不例外。在形象学的基本理论还未出现之前，中西各国文学作品中以及其他精神产品中已经存在着大量的异国异族形象。它们不仅是形象学这门学科产生的基础，而且也为形象学研究提供了广阔的空间和用武之地。下面，我们将对中西文本中的异国异族形象有重点有选择性地进行梳理，展示它们的大致轮廓。

一、西方文本中的异国异族形象

西方文本中的异国异族形象伴随着古希腊文学的出现而出现。西方文本中最早的异族形象，可以追溯到荷马史诗《伊利亚特》中的特洛伊人。之后，《奥德赛》中的主人公奥德修斯在多年的海上漂流中，见到了一大批异国异族形象，领略到了各种异域风情。这里，有把希腊人变成一群猪的魔女喀耳刻；有以迷人歌声让奥德修斯的伙伴走上不归路的塞壬，还有软禁奥德修斯的卡吕普索；等等。稍后，古罗马诗人维吉尔在文人史诗《埃涅阿斯纪》中，塑造了迦太基女王狄多以及一群女战士的形象。但丁是中世纪的最后一位诗人，同时又是新时期的最初一位诗人。在他的巨著《神曲》中，也有许多异国异族形象，例如荷马、迦太基女王狄多等。文艺复兴时期，在莎士比亚的戏剧中，也出现了众多的异国异族形象，如要欠债者割肉还债的高利贷者夏洛克，埃及的风流皇后克莉奥佩特拉，杀死自己无辜的妻子的摩尔人奥赛罗等。到了18世纪，西方文本中的异国异族形象猛增。其中特别是中国形象，出现频率最高。法国启蒙思想家孟德斯鸠在《论法的精神》中谈到了中国皇帝、中国法律、中国政体等。启蒙主义的领袖和导师伏尔泰不仅写诗赞美乾隆皇帝是“伟大的国王”“开明皇帝”，奉劝他“留在北京吧，永远别来吾邦”，因为巴黎会使他的月桂枯黄，“宫廷会想方设法加害于你，以法律诋毁你的诗句与上帝”，而且把元杂剧《赵氏孤儿》改变成《中国孤儿》在巴黎上演。在英国小说家斯威夫特的《格列佛游记》中，也出现了一些异国异族形象。如大人国、小人国、飞岛国、智慧马国等。笛福《鲁滨孙漂流记》中的土人星期五更是人人皆知。之后，欧洲文学中异国异族形象较有名的有雨果《巴黎圣母院》中的吉卜赛女郎爱丝米拉达，浪漫主义诗人夏多勃里昂笔下所描述的美洲原始森林，马克·吐温《哈克贝利·费恩历险记》中的黑人吉姆等。英国浪漫主义诗人拜伦在自己的许多诗歌中，描述了大量的异国异族形象。抒情长诗《恰尔德·哈洛尔德游记》中的主人公，足迹遍及莱茵河，涉及高耸的阿尔卑斯山，意大利、希腊的历史遗迹，闻名世界的滑铁卢战场等。诗中还有高举红旗、争取自由解放的西班牙女郎，启蒙主义者卢梭、伏尔泰等人物形象。拜伦的诗体小说《唐璜》中的异国异族形象有中国的官员、土耳其的苏丹、希腊的海盗、俄罗斯的女皇、西班牙的女郎等。20世纪欧洲文学中的异国异族形象更是众多。

二、中国文本中的异国异族形象

中国文本中在很久之前就已经有众多的异国异族形象。早在《山海经》中，古人就已经描绘记录了大量的异国异族形象，如羽民国、无肠国、黑齿国、一目国、长股国、反舌国、射姑国、一臂国等。在《西游记》中，作者吴承恩描绘了乌鸡国、车迟国、西梁女国等异域风情。之后，方汝浩仿作《西游记》写作了《新编扫魅敦伦东度记》，简称《东游记》，描述了伏陀蜜多尊者、达摩老祖等在南印度、东印度等异域游览的经历，记述了他们所见到的风土人情。从形象学的角度看，也有一定的价值。罗懋登编的《三宝太监西洋记通俗演义》，记述了郑和下西洋的经过，描绘了金莲宝象国、女儿国、撒发国、金眼国、木骨都束国等异域风情。在《红楼梦》中，我们时而也能见到来自海外的贡品，如自鸣钟、玻璃镜等。李汝珍在《镜花缘》的前半部分写唐敖游历海外的经历见闻，各国的名称及奇异处虽然主要来自《山海经》等书，但作者以它们为底本，驰骋自己的艺术想象所创造出来的异国异族形象及异域风情，仍然值得玩味。近代金松岑、曾朴的小说《孽海花》，则描述了中日战争、中法战争的场面，甚至柏林、彼得堡的政治风云也进入了作者的视野。现当代，中国文本中的异国异族形象更是屡见不鲜。例如，老舍的《二马》中的英国人，曹桂林《北京人在纽约》中的美国人，严歌苓《金陵十三钗》中的英国神甫英格曼和日本人形象。

以上，我们仅仅是对中西文本中的异国异族形象进行一次相当简单的扫描，虽然走马观花，挂一漏万，但足以说明形象学是比较文学研究的重要方面。

第二节 形象学的研究方法

形象学的研究方法，主要可以分为文本内部研究和文本外部研究两种。

一、文本内部研究

虽然形象学不应局限在文学范围之内，而要对文学形象产生、传播的文化语境加以研究，但比较文学形象学研究的基石仍在于文本内部。这种文本内部的研究主要从词语与套话、等级关系、故事情节三个层面展开。

（一）词语与套话

词语是构成他者形象的最基本单位。在文本中，这些词语构成一个个词汇场，这些词汇场共同生成的概念的、情感的词库构建了一个它者的形象。在研究时，首先，我们要注意区分这些词语的来源，辨别它们是属于注视者国家定义异国的词还是未经翻译直接进入注视者国家的异国词语。比如从明代以来的中国文学中不断出现指代日本人的词语，开始被称为“倭寇”，清末年间和对西方人的称呼相对应，改为“东人”，到了抗战时期又变成“日本强盗”“东洋鬼子”“小日本”等。

另一类词语我们称之为特殊词语，又叫套话。套话是比较文学研究的术语，是词语的一种独特的存在形式，当然也是形象的一种特殊而又大量存在的形式，它是一个由民族集体所创造的，在一个长时期内反复使用，用来指称和描述异国异族形象的约定俗成的个性词语。

需要注意的是，套话不仅具有极强的历史渗透性和承继性，而且具有一定的时代性。套话一旦形成，就会渗入一个民族的深层心理结构中，在一定的时间内断断续续地释放能量，对后人产生潜移默化的影响。

(二)等级关系

在形象学文本中,在对文本描述他者的词语进行分析后,研究者还应对所有结构的大的对立关系进行鉴别,关注一切注视者与他者之间存在的等级关系。这种等级关系从总体上看,表现在我(叙述者、本土文化)与他者(人物、被描述文化)的两组关系的对立上。具体来看,则可以从时空和人物体系等方面进行研究。

(三)故事情节

在这一阶段,研究重点在文本是如何通过程序化和模式化的一系列叙事序列建构异国形象的。在这一阶段,形象已不再是语词网,也不再是等级关系,而是一个故事,从两种文化、两种文学、两个文本系列间的对话开始,呈现为利用注视者文化中的关键词、情境、段落和主题写出的文本。它多少都被模式化、程式化了。如法国文学中描述西班牙的作品,多会出现蹩脚的小旅店、难以下咽的饭菜、在大路上遭遇劫匪等内容。所以在梅里美的《卡门》中,故事开始不久,我们就会发现这种法国人对西班牙普遍看法的套路的显现。

二、文本外部研究

外部研究属于一种文学社会学的研究,它具有明显的跨学科特性。具体而言,比较文学形象学外部研究的内容可以区分为社会集体想象物、作家、作家想象的异国形象与真实的异国形象之间的关系三个层面。

（一）社会集体想象物

社会集体想象物指涉的是作家创作的那个年代整个社会对异国的看法，这一研究代表了形象学的历史层面。它是在文本之外展开的，它要求研究者对文学形象进行一种扩展了的社会文化语境研究。在这种研究中，作家与社会集体想象物主要构成引导、复制、批判三种关系形态。作家可以通过塑造异国形象将异国的神话强加给本土的公众舆论，影响本土民众对异国的想象。

一般而言，社会集体想象物和异国异族形象的关系有三种。

第一，社会集体想象物和异国异族形象一致。也就是说，形象是对社会集体想象物的一种认同和体现。在这种情况下，形象创造者基本上依据、顺从在本国占统治地位的文化模式、价值观等来表现或描述异国异族，而对他国文化和价值观等，一般会持否定态度。

第二，社会集体想象物和异国异族形象相背离。在这种情况下，作家并不依照、顺从在本国本民族占统治地位的文化范型、生活模式等来描述塑造异国异族形象，而是按照自己的理想、情感、态度等来描述形象，是对本国文化观和价值观的颠覆和否定，是对本国现实的批判和质疑，而对异国异族文化等则持肯定和欣赏的态度，这种倾向我们称之为乌托邦化。按照乌托邦化所创造出来的形象，我们称之为乌托邦形象。

第三，社会集体想象物与异国异族形象既相同又相异。当异国异族形象与社会集体想象物吻合时，个人或集体所创造的是意识形态形象；当异国异族形象与社会集体想象物相背离时，个人或集体所创造的是乌托邦形象。也就是说，意识形态形象和乌托邦形象并非水火不相容，而是相互包容的，这也正体现了社会集体想象物的双极性，即认同性和相异性。和前者相关联必然是意识形态形象，与后者相关联必然是乌托邦形象。

（二）作家

他者形象虽然是自我对他者的想象性产物，但它与形象产生的外部现实世界仍有着无法割裂的渊源关系。这样，作家的异国知识从何而来，就不仅影响着他者形象表现的形态，而且影响形象的性质。作家是亲自到过异国还是利用有关异国的书面或实物形态的二手资料来关注异国？作家不同的经历和观看方式以及视角会直接影响到他者形象的创造。此外，他者形象作为作家欲望的投射对象，不可避免地包含着作家丰富的情感能量，作家在创作时的不同的情感和精神状态，同样也会影响他塑造的他者形象的存在方式和性质。

（三）作家想象的异国形象与真实的异国形象之间的关系

他者形象的真实性程度，并不能决定这一形象的审美价值。考察他者形象与他者现实之间的关系的重点在于注视者一方的文化模式上，重点在对注视者一方文化模式的产生、发展、传播与影响的探寻上。很多时候，一些异国形象与其说反映了异国社会的变迁，不如说更多地反映了注视国文化的发展。

第三节 形象学的研究内容

形象学的研究内容主要围绕注视者、他者以及注视者和他者的关系来展开。在比较文学形象学研究中，他者形象与注视者总是处于一种互动的关系之中。一方面，他者形象的建构和表现必须依靠注视者，没有注视者，他者形象的建构就无从谈起；另一方面，倘若丧失异国作为他者的存在，他者形象就会成为无源之水、无本之木。

一、注视者

（一）先见

注视者存在于历史与传统之中，历史与传统先于注视者而存在，是注视者不能不接受的东西。因而，既没有超出传统之外的注视者，也没有与传统无涉的他者形象。在所有制约形象塑造者观看异国的方式中，先见的地位最为重要，因为观看者所拥有的知识体系、价值参照、认知方式和伦理取向，决定着他在观看时所持有的立场、观点、伦理态度及价值评判标准。先见盘踞在人的内心，根深蒂固，不可避免地成为影响观察者观看他者的重要因素。

（二）身份

相对于先见的集体心理来讲，身份更多地表现为个体差异。然而个人离不开他人和社会，每一个人生活在世界上总是与他人和社会发生着种种关系。而任何个人都是以一定的身份与他人和社会进行交往的。注视者在注视和建构他者形象时，也总是以一定的身份出现的。注视者的身份有些是天赋的，比如血缘、种族、性别等身份；有些身份则是后天获得的，比如职业、社团成员等身份。而无论是天赋的身份还是后天获得的身份，它们在赋予注视者特定的合法权利时，也往往要求注视者承担相应的责任和义务并诉诸相应的有道德价值的行为。

（三）时间

时间是一个开放系统，它无所不包、无所不纳。注视者作为自然生命是无法无视时间的。从某种程度上说，他者形象的历史感是更深层地浸润在时间中的东西，注视者对他者注视、观看得愈久，他者形象表层的东西就会日愈剥蚀，而注视者体现在历史文化中的个体反思精神就会愈为强劲，他者更为整体化、多维化的东西就会在这种反思中日益凸显。

二、他者

形象学中的他者形象指涉的范围虽比一般文艺理论涉及的形象范围狭窄，但它也并不仅仅指涉人物形象，而是存在于文学作品以及相关的游记、回忆录等各种文字材料中，像异国肖像、异国地理环境等，就都可以纳入比较文学形象学他者的研究范围。

他者形象生成时，一定会伴生出一个自我形象，二者是孪生关系，相辅相成，相得益彰。他者形象犹如一面镜子，照见了别人，也照见了自己。这道理其实很简单，事物总是在比较对照中才能暴露出本质。

(一)异国肖像

在国际交流中,异国肖像,如绘画、瓷器、挂毯乃至园林等常常比口语或文字形式所表达的民俗意义更有情趣、更加生动活泼,而且,这些肖像形式还能将表情达意和馈赠、供奉、装饰等功能融为一体,从而对注视者及其本国文化产生重要影响。如在18世纪末到19世纪早期,许多国外学者就是通过中国瓷器、屏风等工艺品上绘制的各种肖像来想象中国的。我们也会不可避免地通过绘画、广告、雕塑、电影等媒介提供的各种肖像来描述、想象西方人所生活的社会。由此可见,肖像和形象两者之间的关系十分密切,肖像研究也应该成为形象研究的有机组成部分。

(二)异国地理环境

人类对地理环境作用的探讨由来已久。在形象学中,研究者关注的则是异国地理环境对异国人的生理特征、生产活动和生产方式的制约作用。例如,地理环境对人的肤色就有很大的影响,长期生活在靠近赤道的地区的人肤色深黑,长期生活在纬度较高的地区的人肤色浅白,长期生活在中纬度地区的人肤色偏黄。同时,地理环境有时对人的性格也有一定的影响。

三、注视者与他者的关系

他者形象既然是注视者建构出来的,那么,他就不可能是他者现实的客观再现,而往往是注视者欲望投射的产物。如果是注视者按本社会的模式,完全使用本社会话语重塑的他者形象，就是意识形态化的形象；倘若是注视者用离心的、合乎注视者对相异性向往的话语塑造的他者形象，则是乌托邦化的形象。意识形态化的形象建构具有一种社会整合功能，它按照本社会模式对与自己有相异性的特定群体进行整合。乌托邦化的形象建构具有一种社会颠覆功能，这类形象质疑本国的现存秩序，向往一个与本国根本不同的他者社会。乌托邦化的形象的建构宗旨则在表现出对异国文明的肯定，同时表达对本国现实的否定。意识形态化形象建构的宗旨在于通过改造他者、否定他者的现实进而达到同化他者、强化和肯定自我的目的。由此可见，每一种他者形象的生成总是伴随着注视者自我形象的建构，二者相互发现、相互证明、相互补充。具体而言，二者之间又大致构成狂热、憎恶和亲善三种关系。

（一）狂热

在这种关系形态中，一个作家或团体把异国现实看作绝对优于注视者文化，优于本土文化的东西，与提高异国身份相对应的，就是对本土文化的否定和贬抑。此时注视者建构的异国形象已完全被理想化，具有浓厚的天堂般的幻想色彩。

（二）憎恶

在这种关系形态中，创作者认为本土文化是优越的，异国现实则被异化为落后。在憎恶心理的驱使下，注视者在极力丑化、妖魔化他者形象时，也建构了一个凌驾于他者之上的美好的本土文化的幻象。

(三)亲善

在这种关系形态中,异国文化现实被视为正面的文化,它来到一个注视者文化中,在其中占有一席之地,而注视者文化是接受者文化,它自身也同样被视为正面的。它与狂热所要求的对他者的完全顺应不同,也与憎恶所要求的对他者粗暴的同化不同,它认为他者处于与注视者相比既不更高也不更低的地位,二者构成一种相互尊重、平等对话、平等交流的关系。

比较文学形象学的发展历史虽然不短,但它产生全球性的影响则是在20世纪80年代以后。

随着形象学研究的日趋深入,形象学研究呈现出日益广阔的发展前景。首先,形象学具有十分充足的实践资源。无论是外国文学史,或是中国文学史中,描述异国和异国人的作品浩如烟海。但目前研究个别作家或文本中的异国形象的著作多,将个别文本中的异国形象纳入到一国文学或某个时期文学建构的总体形象中去考察这种异国形象是如何产生,如何程序化、仪式化和模式化的论著则较少。其次,形象学具备十分充足的理论资源。形象学具有的跨学科特性,使它天然地与历史学、文化地理学、民族学、人类学等有着超强的黏合力。这些学科的知识在形象学中的合理运用,不仅能促成崭新的观点和理解维度,而且能促成一种具备整体性、综合性的观照态度。20世纪70年代以来,由于对后现代主义理论的吸纳,形象学的理论框架更是日趋完善。新历史主义理论、解构主义理论等各种后现代理论,虽然它们的理论场和取向不尽相同,但它们都正在以各自不同的方式扩展和丰富着形象学的理论资源。对待形象学理论资源,我们应当从变异学这一角度进一步深化和丰富。

思考题

1. 形象学的研究对象是什么？请概述形象学研究的基本方法。

2. 简述形象学中注视者与他者的关系。

第九章　文学与其他艺术

第一节　文学与其他艺术的同源混生

文学与绘画、雕塑、音乐等艺术门类之间存在着天然的血缘联系，人们往往把它们称为姊妹艺术。尽管它们各有特殊的表现形式和独特的艺术规律，但它们之间存在着互相孕育、互相阐发、互相影响、互相借鉴等密切的联系。苏轼的“诗中有画”“画中有诗”，无疑是对诗歌与绘画相互影响和存在共同规律的最精辟的概括。在这个意义上，文学与艺术的关系，也应该成为比较文学所关心的重要课题。

文学与其他艺术的比较研究，具体而言，是指文学与音乐、舞蹈、绘画、建筑、雕塑、书法和影视等方面的关系（相互借鉴、相互印证、相互影响）。应该说，在文学与各学科之间的相互关系的比较研究中，文学与其他艺术的关系是最亲密的，也最具亲缘关系。在早期人类社会，文学与其他各门学科处于同一个母体——神话与传说之中，此时，各门学科是一个混成的整体，随着社会的发展和分工的出现，人们为了更深入、更准确地认识世界，不得不将各科对象从原来的整体和联系中分离出，从而建立了多门独立的学科。这一研究虽然古已有之，但进入20世纪后，其领域才得到开拓，并迅速发展起来。

首先，从广义的概念外延上，文学属于艺术，与音乐、绘画、舞蹈、雕刻、建筑、影视等不同的艺术门类属于同一范畴，我们用“同源混生”四个字来表明文学与其他艺术之间的亲缘关系。诗、乐、舞三者在遥远的古代，没有像今天这样明确的分工，而是一种混生的状态。

比如在《吕氏春秋·仲夏纪·古乐》中就有一段文字生动地记录了我国上古时代的歌舞场景：

> 昔葛天氏之乐，三人操牛尾，投足以歌八阙：一曰《载民》，二曰《立鸟》，三曰《遂草木》，四曰《奋五谷》，五曰《敬天常》，六曰《达帝功》，七曰《依地德》，八曰《总禽兽之极》。

葛天氏，即能歌善舞的部落，舞者操着牛尾，唱着歌，和着歌声的节拍“投足”起舞，手舞足蹈，翩翩起舞。歌词“八阙”实际上在今天看来，已是诗的雏形，我们从中可以看到，“葛天氏之乐”正是将上古原始艺术中的诗、乐、舞三者结合在一起的典型例证。

各个国家各个地域的原始社会早期，都是处于这样一个同源混生的状态，这种混生的行为正是上古时期人类思维原始性的反映。由于原始初民所面对的是一个荒蛮的世界，他们一方面对神和未知世界（风雨雷电）表现出畏惧和好奇，另一方面又与自然环境融为一体，把一切有生命和无生命的事物都看作和人一样，具有生命愿望和灵魂，后来一些心学家和人类学家就把这种认识世界的原始思维方式称之为“万物有灵论”。

在原始社会漫长的历史过程中，首先出现的艺术类型是舞蹈，它作为一种母体艺术，催生了音乐和诗歌，而对舞蹈的模仿又可以过渡到绘画与雕塑。《乐记》说“诗，言其志也，歌，咏其声也，舞，动其容也，三者本于心，然后乐器从之”，以“本于心”说明了诗乐舞三者同源的道理。而《毛诗序》中则对三者在表达心声时层层递进、逐级补充的关系作了极为生动地描述：“诗者，志之所之也，在心为志，发言为诗。情动于中而形于言，言之不足故嗟叹之，嗟叹之不足故咏歌之，咏歌之不足，不知手之舞之，足之蹈之也。”

从诗歌发展历史来看，比如我国最古老的诗歌总集《诗经》所收的三百余篇长诗、短诗都是可以合乐歌唱的。到了汉朝，汉武帝设立了乐府机关，专门收集各地民歌，刘勰论乐府诗歌说“诗为乐心，声为乐体”，也就是说诗是音乐的心灵，声调旋律是音乐的形体。正如之前所说，后来的唐诗、宋词也好，诸宫调、元曲也罢，在产生的初期有的并没有自己相对独立的文学地位，很多都是作为乐舞的词曲填充物，配合乐舞的需求，借助传唱的方式得以保存下来，只不过在流传的过程中，歌曲的旋律丢失了，剩下的只有歌词，也就是今天所说的诗。

所以，我们说文学与其他艺术之间有许多交叉，但它们又以其各自的特征分属于不同的学科门类，那么，我们就是要通过这些差异性寻找共同的“诗心”与“文心”。

第二节　文学与其他艺术形式之间的相互配合与启发

文学与其他艺术的相互借鉴、相互生发、相互影响具有多方面的表现。尤其是绘画、音乐与文学之间的相互借鉴更是屡见不鲜，不可胜数。

一、许多文人兼善多种艺术

在实际创作中，有大量的事例可以说明文学与他种艺术交相辉映、相互阐发的情形。一个极有趣的例子是许多文人兼善多种艺术，在创作中以一门艺术为主，旁及他种艺术，或同时进行数种艺术创作，这样，他们就在自己的创作中把不同艺术的创作规律相互补充、相互生发。

德国著名的音乐家理查德·瓦格纳就不仅是音乐家，而且也是文学家。他的继父是一名演员，同时又是一名剧作家，还擅长人物肖像画，具有多方面的艺术才能。由于继父的熏陶，瓦格纳从小就表现出音乐与文学方面的才能。他八岁时就能在钢琴上弹奏韦伯的歌剧《自由射手》中的伴娘合唱曲，并且经常写诗。他特别喜爱莎士比亚的剧作和贝多芬的交响乐。后来进入莱比锡圣多马斯学校学习音乐。从二十岁起创作管弦乐数首，并开始歌剧创作。从最早的旧式神话歌剧《仙女》开始，到历史大歌剧《黎恩济》，再到浪漫主义歌剧《汤豪瑟》和《罗恩格林》以及《尼伯龙根的指环》等十几部歌剧创作中，他始终是自撰脚本，自写歌词和音乐。由于他在文学和音乐两方面均有极深的功底，因此能把这两种艺术完美地结合在一起，并对旧歌剧的革新作出重大贡献。他认为歌剧舞台上所演的不应该只是根据一个故事情节唱出的一段一段的歌曲，而应该是一种完美的戏剧艺术，音乐（包括声乐和器乐）应该与戏剧艺术的整体紧密地结合起来，应该始终与戏剧的发展相一致。他创造了一种具有旋律意味的宣叙调，并提出了主导动机应与戏剧主题紧密结合的观点，因此，他的歌剧音乐中各种主导动机就能够准确、生动地传达戏剧主题要表现的复杂思想。在他的笔下，音乐与戏剧就变成了浑然一体的艺术品。瓦格纳在其理论著作《歌剧与戏剧》中强调歌剧中的三种要素即音乐、戏剧与舞台场景必须密切配合，不可偏废，这就不仅提出了音乐与文学的结合，还提出了二者与造型艺术结合的必要。瓦格纳在歌剧艺术上的天才创新，对西方歌剧产生了不可估量的影响。

我国宋朝著名的词人苏轼，不仅工诗词，而且擅长绘画和书法，精通音律，可以说是一位多才多艺的作家。他的词雄浑豪放，开一派风气；他的画笔减意深，多象外神韵；他的书法如行云流水，颇负盛名。黄庭坚为苏轼的画《枯木》题诗："折冲儒墨阵堂堂，书入颜杨鸿雁行。胸中元自有丘壑，故作老木蟠风霜。"这首诗不仅说明了"书画同源"的道理，而且还说明苏轼之所以能"书入颜杨"，画出气概非凡的画图，根源就在于他有"折冲儒墨"的学问功底，因此才能藏丘壑于胸臆，泻灵气于笔端。苏轼在《书鄢陵王主簿所画折枝二首》中说："论画以形似，见与儿童邻。赋诗必此诗，定非知诗人。诗画本一律，天工与清新……"这里他明确地提出了"诗画一律"的理论，并且进一步说明了自己的艺术见解，在他看来，无论诗词书画都要追求神似，而不仅是形似，仅有形似而无神韵的作品便不是好的作品，他在自己的各种艺术实践中都贯彻了这一主张。

同时，他还提出诗画的创作原则是天工与清新，这就是说，好的诗画作品必须有较高的艺术造诣，有清新的艺术意境和格调。正是因为他不懈地追求一种清新的艺术意境和格调，才能在词的创作中一变旧习，尽洗花间词派的绮罗香泽之态，开创一代豪放飘逸的词风。文学史上许多评论者都有苏词不协音律的评价，但事实上苏轼并不是不懂音律，他也写过大量婉转清丽、可歌可唱的小词。他之所以写出许多不能唱的词，正是要破除以曲害意的弊病，变革"倚声填词"时乐曲对文词的束缚，以黄钟大吕式的音响改造箫管袅袅式的浅唱，从这一层意义上看，苏轼对词与音乐的关系作出了较大幅度的调整和革新。这种革新正是他实践自己天工与清新的艺术原则的结果。

二、不同艺术类型在结构、技巧上的互相借鉴

音乐能给文学创作以启发，音乐的形式和技巧可以运用于文学创作之中。如唐代大诗人白居易的《琵琶行》片段：

大弦嘈嘈如急雨，小弦切切如私语。嘈嘈切切错杂弹，大珠小珠落玉盘。间关莺语花底滑，幽咽泉流冰下难。冰泉冷涩弦凝绝，凝绝不通声暂歇。别有幽愁暗恨生，此时无声胜有声。

题画诗是我国一种传统的综合艺术。自唐代以来，尤其是宋代文人画勃兴以来，在画上题诗就获得蓬勃发展。这一独特的艺术形式把画的造型形象与诗的观念形象放在同一个平面上，加强了视觉感染力，往往能起到相互补充、相互生发的艺术效果。有的诗人通过文学的描写对画面的形象作细致的描绘，因而使画面形象更臻完美，获得诗与画相映成辉的效果。诗中要有画的意境，画中要有诗的韵味。诗甚至可以直接进入画面，成为绘画空间的一个组成部分。一幅优雅的图画上，题上一首意境幽远的小诗，这正是中国艺术所追求的美学境界。

再例如苏轼题写在惠崇所画的《春江晚景》上的《惠崇〈春江晚景〉二首》之一的："竹外桃花三两枝，春江水暖鸭先知。蒌蒿满地芦芽短，正是河豚欲上时。"据说惠崇和尚工画鹅、鸭、鹭鸶，这幅画显然是一幅"鸭戏图"。题画诗以生动的笔墨点出了江南三月，绿竹丛丛，桃花吐艳，芦笋生芽，蒌蒿遍地，群鸭嬉戏的动人景象，同时补充了画面上未必有的"河豚欲上"的形象。也有的题画诗是诗人见景生情，浮想成章的。这就能引发观者（读者）的思路，加深对画面形象的理解。

我们读过的许多诗集、散文或小说，尤其是一些介绍风土人情的民俗文

学，常常都配有一些精美的插图，不仅给人视觉上的美感，还使诗文虚构的想象世界巧妙地转换为生动可爱的艺术画面，使绘画成为文学作品的有机构成部分，彼此相得益彰。

三、文学与其他艺术在题材、意境上的互相借鉴

歌剧和电影中有许多作品是从文学作品改编的，也就是说，这些题材的渊源是文学。例如，莫扎特的《费加罗的婚姻》根据博马舍的同名剧作改编。瓦格纳的《漂泊的荷兰人》剧情取自海涅《施纳贝勒沃普斯基先生的回忆录》第七章。

电影是一种综合的艺术。这是人所共知的。它既不是叙事性的小说，也不是戏剧；既不是绘画，也不是音乐。它是上述各种艺术的综合。首先，电影和文学有着十分紧密的关系。电影以戏剧为出发点，但由于它使用主观描写、回忆镜头、内心独白等独特的表现手段，使它逐渐脱离戏剧的结构，接近叙事文学（小说、叙事诗等）的结构。当然，如果从一切剧情要通过剧中人物的行动来表达这一方面来看，电影不可能不是一种戏剧艺术，不可能和戏剧完全无关，但因为戏剧结构受到时间和空间的物理限制，因此和电影表现出较大的差异。叙事性的文学则不然，它可以不受物理上时间和空间的限制，而只受思维规律的制约。因此，它可以在时间和空间中自由驰骋，随心所欲地表现过去、现在、未来，以及任何地点和空间。在这一点上，电影的构成、进行形式和理论，与叙事文学十分相近。它也可以极度自由地表现不同的时间，在刹那间跨越（向前或向后）数千年，可以在同时表现若干个空间。电影可以把一部叙事结构的文学作品最忠实地表现出来。

思考题

1. 什么是跨学科研究？请简述跨学科研究的学理依据。

2. 结合具体实例，阐述文学与其他艺术门类的关系。

第十章 文学与哲学

从某种意义上说，文学与哲学是不能放在一起进行比较研究的，或者说这种研究的结论并不仅仅属于“文学与哲学”这一题目，而属于一般艺术与一般哲学的问题，因为文学也在艺术的大范畴之内。但是，文学与所有其他种类的艺术相比，其独特之处就在于它是一种语言艺术。正是这一点，使哲学与文学得以亲近，而与其他种类的艺术样式显得疏远。从某种程度上说，哲学与音乐、绘画、雕塑、建筑等艺术样式使用的符号不同，但与文学所运用的语言符号是一致的，它们都只能在语言的交流中乃至上下文的具体语境中，才能够存在。文学与哲学有如此密切的关系，所以才会成为跨学科研究的重要课题。

第一节 文学与哲学比较研究概述

随着比较文学在中国的蓬勃发展，文学与哲学的关系作为比较文学跨学科研究的对象，也开始受到重视。由于当代中国的比较文学起步较晚，对近代以来的遗产的整理，以及对外国跨学科研究成果的输入，就成为当务之急。

在近代，著名的翻译家严复就对中西哲学进行了比较研究。王国维不仅对中西哲学与文学的差异有所论述，而且还运用叔本华等西方哲学家的学说，来解读《红楼梦》。鲁迅在《文化偏至论》中表现了对西方现代哲学特有的敏感。梁启超、许地山、陈寅恪在研究印度文学对中国的影响时，都是将文学的影响与宗教、哲学的影响一并考察的。朱光潜在《诗论》中评述中西诗歌的差异时，就追溯了中西哲学文化的差异。可以说，哲学在很大程度上可以表现一个民族的文化。因此，在跨文化的比较文学中，要想绕过不同文化中的哲学，对文学现象的解释也就只能停留在浅层次上。不过，近代中国学者，虽然有对印度哲学、西方哲学影响中国的探讨，或者中国哲学对东亚乃至西方文学影响的研究，但一般说来，还停留在哲学与哲学的比较、文学与文学的比较上。因此，唐君毅的《中国哲学与中国文学之关系》一文，就是一篇探讨文学与哲学关系的难得的力作。

在《中国哲学与中国文学之关系》中，唐君毅认为："哲学文学关系之密，古今中外皆同。西人多有哲学为文学之灵魂，文学以哲学为内涵之论。"这是因为，一切文学无不蕴含着作者的"宇宙人生观"。唐君毅进一步指出，与西方哲学和文学的关系相比，中国哲学和文学的关系更加密切。"西方哲学文学关系虽密，然彼土文化之各领域就其自身而言，乃各独立而不相犯，即文学皆以哲学为内质，而文学本身终位于哲学之外。""然在中土，则所谓文化之各领域素未截然划分，此于中国图书分类之不能按照西方分类法即已得其证。……集部之非同为文学，如子部之非同为哲学。而经史二部正治哲学文学者所同读。"因此，中国的哲学与文学作品难以截然划分，文学与学术也没有严格地分开。此外，唐君毅还对西方文学的悲剧感与中国文学的人生无常感等差异及其哲学渊源，进行了学术反思。[①] 作为哲学家，尽管唐君毅未将这种研究纳入比较文学跨学科研究之中，而且也有夸大哲学对文学单向影响之作用等缺憾，但是这篇文章在今天看来，仍具有较高的学术价值。

法国的布吕奈尔等人合著的《什么是比较文学》就在“思想史”的名下，主要讨论了“哲学与伦理学思想”，认为“要领会数不尽的作品，没有一个比较学者能够离开哲学家”。他们认为，大作家之所以成为大作家，就是因为他们“反映了自己时代的哲学的光辉并使之发扬光大”，而比较学者所“回收”的二流作品，“只不过是那些伟大体系的零头儿”。[②] 布吕奈尔等强调哲学对文学的影响，无疑是有其合理性的，然而这种强调一旦过了头，以为文学家都是哲学造就的，甚至以反映了时代哲学的光辉为大作家的标准，就可能陷入谬误。文学家的感觉的敏锐性、生动性和丰富性是哲学家所不能比的。一些美的诗文名篇，也是很难归入某种哲学的。因为文学家艺术的感性是复杂的，而很难归入某一种哲学体系中去。至于说以反映自己时代哲学的光辉作为大作家的标准，就更值得推敲。试问，荷马时代有没有哲学？倘若没有，荷马就不是大作家了吗？从某种意义上来讲，希腊文化最先孕育的不是哲学，而是史诗。而且《荷马史诗》作为希腊早期文化的集大成者，是后来诗人与哲学家并起时代各类精神产品的共同源头。再说，即使文学家受哲学家的影响，也会呈现出一种杂多性。布吕奈尔等认为“如果没有柏拉图，怎么理解雪莱？”但是，雪莱同时也受到葛德文与法国启蒙哲学的影响。不过，将这些影响加在一起就能说明雪莱的诗艺了吗？勃兰兑斯在《十九世纪文学主流》中推崇的是雪莱作为雅利安人的原始感性，而英国冒险家特里劳尼让拜伦为雪莱说点

---

① 唐君毅：《中国哲学与中国文学之关系》，载北京大学比较文学研究所选编《中国比较文学研究资料》(1919—1949)，北京大学出版社，1989.

② 布吕奈尔等：《什么是比较文学》，葛雷等译，北京大学出版社，1989，第102－121页。

好话时，拜伦却批评了雪莱诗中的形而上学说教，以为去掉这些，雪莱早就名扬四方。这样看来，上述哲学对雪莱的诗艺有利还是有害，尚是一个值得讨论的问题。

一般来说，西方的比较学者在研究文学与哲学的课题时，常常将之纳入"思想史""思想史的方法"或"文学与思想""文学与思想史"之中。

卢康华、孙景尧的《比较文学导论》，作为国内最早出版的比较文学教材，在跨学科的旗帜下就纳入了文学与哲学的比较研究。陈惇、刘象愚的《比较文学概论》在第五章第四节，就专门讨论了"文学和哲学"。乐黛云主编的《中西比较文学教程》，在第九章第二节也讨论了文学与哲学的关系。将文学与哲学进行跨学科的比较研究，在国内已取得了令人瞩目的成绩。

第二节　西方传统文化中的文学与哲学

在希腊，尽管《伊利亚特》《奥德赛》和希腊悲剧的重要性并不在希腊哲学之下，但是，柏拉图作为较早阐发文学与哲学关系的哲学家，却极力推崇哲学而贬低文学。作为希腊文学集大成者的史诗和悲剧，就都遭到了柏拉图的否定。柏拉图认为，理念是世界的本体，现实世界是对理念的模仿，文学又是对现实世界的模仿。因此，与追求智慧而与理念相通的哲学相比，文学是应该被驱逐的"模仿的模仿""影子的影子"。哲学家对理念的热爱，使真理显现，使人从有限相对的感性中摆脱出来而达到无限绝对的永恒和不朽；而注重模仿的诗人，为了讨好观众，就根本无意于理念，只去重视容易动情的东西。不过，柏拉图的矛盾在于，在文学与哲学之间，他虽然否定文学而推崇哲学，但是本人的艺术气质又使他不甘心放弃文学，而想使文学向哲学靠拢。

与柏拉图以文学远离理念而否定了文学的观点相反，亚里士多德在文学中看到了理性和真理而肯定了文学。换句话说，亚里士多德是在文学中看到了哲学，或者说接近于哲学的真理。他说："诗人的职责不在于描述已发生的事，而在于描述可能发生的事，即按照可然律或必然律可能发生的事。""写诗这种活动比写历史更富有哲学意味，更受到严肃的对待；因为诗所描述的事带有普遍性，历史则叙述个别的事。"①尽管亚里士多德对史诗和悲剧的肯定与柏拉图不同，但是，亚里士多德以诗接近哲学来为诗争地位，实际仍然沿用了柏拉图的理性主义逻辑。

柏拉图和亚里士多德关于文学与哲学的论述，基本上成了古罗马和中世纪时期人们遵循的一种范式。只不过有人偏于柏拉图一方，如普罗提诺、奥古斯丁，有人偏于亚里士多德一方，如贺拉斯、阿奎那。值得注意的是，偏于柏拉图一方的，往往是偏向于柏拉图的哲学，而不一定否定文学，普罗提诺就在继承柏拉图哲学的同时肯定了文学。他认为，美是从本体世界流溢出来的，它分享了来自神的理性和本体世界的真理之光。因此，文学不仅仅是对物质的感性世界的模仿，而且也是对理念的本体世界的模仿。在中世纪，哲学成了为宗教服务的神学，文学亦成为颂神的赞歌，文学与哲学都成了为宗教服务的奴婢。

文艺复兴是对古典文化遗产的复兴，所以将诗向哲学靠拢的传统，又被发扬光大了。达·芬奇以为"诗所处理的是精神哲学，绘画所处理的就是自然哲学"②。锡德尼认为，在一切知识中，诗最为古老，它是一切知识之父。他甚至认为诗人是君王，是凯旋的司令官，是道德家和历史学家的仲裁者。不

① 亚里士多德：《诗学》，载伍蠡甫主编《西方文论选》上册，上海译文出版社，1979，第65页。

② 列奥纳多·达·芬奇：《笔记》卷二，载伍蠡甫主编《西方文论选》上册，上海译文出版社，1979，第182页。

过，只有在将诗人与哲学家比较时，他才显得比较谨慎。他认为哲学家“由于他的有步骤的办法，比诗人更能完美地教导别人”[①]，然而诗比哲学高明之处，在于“哲学家固然教导，但是他的教导很难懂，以致只有有学问的人才能够了解他；这就等于说，他只能教导已经充分受过教育的人。但是诗作是适合最柔弱的脾胃的食物，诗人其实是真正的群众哲学家；关于这一点，《伊索寓言》的故事提供了很好的证据”[②]。

从希腊的柏拉图、亚里士多德，到理性主义哲学和新古典主义诗学，几乎都是以文学向哲学靠拢的主张来为文学争得地位的。达·芬奇将文学与哲学、逻辑学等同，而布瓦格则认为文学是理性和真理的产物，一切文学“永远只凭着理性获得价值和光芒”[③]。但是，随着理性中神的影响的减少和科学成分的增多，人类抽象思维的能力愈来愈强，诗在表达理念和理性上，显然要让位于哲学。如果还是靠着理性和真理争取文学的合法性，那么，在真理与感性事物亲善的程度日益减少的近代，这种合法性将再一次面临挑战。维柯就认为，人类童年时代的智慧，就是诗性智慧。其时，人类的哲学、逻辑学乃至其他一切学问，都是诗性智慧的表现。因此，维柯断言，人类的童年是天生的诗人，“然后哲学家们在长时期以后才来临，……他们才创造了各种科学的世界，因此，使人类达到完备”[④]。黑格尔也认为，在古代艺术中，例如希腊的神话中，真实与理念对于感性的东西是非常亲善的，但是，到了现代更高的理性文化阶段，“艺术已不复是认识绝对理念的最高形式”，“思考与反思已经比美

---

① 锡德尼：《为诗辩护》，钱学熙译，人民文学出版社，1964，第 23 页。

② 锡德尼：《为诗辩护》，钱学熙译，人民文学出版社，1964，第 29 页。

③ 布瓦洛：《诗的艺术》，载伍蠡甫主编《西方文论选》上册，上海译文出版社，1979，第 290 页。

④ 维科：《新科学》，朱光潜译，人民文学出版社，1986，第 231 页。

的艺术飞得更高了”。[①] 于是，哲学将取代文学艺术成为认识绝对理念的最高形式。

文学不能在理性、认识、真理中找到安身立命之所，也不能向哲学靠拢或者接近哲学来获取自身存在的价值，那么是否就应该被无视或被哲学所取代呢？回答是否定的。事实上，早在英国经验主义美学中，情感就已成为艺术的审美本质。启蒙运动是以理性王国为理想的，然而卢梭就将情感的需求奉为至尊。在英国经验主义美学和卢梭的影响下，理性派的代表人物康德不再将审美放到认识的领域中，而是严格而系统地为审美划出了一个属于自己的领域，即情感。在康德看来，审美虽然没有一个真正客观的原则，但是，并不会因此而降低身份。相反，文学对于主体的自由和创造力，有着巨大的贡献。席勒继承并发展了康德的审美思想，认为“正是通过美人们才可以走向自由”。[②] 这样，文学并未通过哲学之真理、认识和理性去获取价值，但对人类的重要价值却不在哲学之下。

黑格尔之后，“绝对理念”随着“上帝之死”而一同衰落了，哲学也在向两个极端分化和发展。一极是科学哲学，一极是人本哲学。虽然这两个极端对黑格尔能够解释一切的理念哲学的攻击是一致的，但是它们的发展方向以及与文学的关系，却是极其不同的。以摩尔、维特根斯坦、卡尔纳普等人为代表的科学哲学拒斥传统的形而上学，认为哲学的对象就是对科学语言进行逻辑分析，以便使知识从逻辑形式上明晰起来，他们既分析普通语言，又明显偏好逻辑的数理的语言。他们并非不承认文学与审美的重要价值，然而他们又认为这种飘忽不定的价值没有科学意义，因而也就不在他们的研究之列。维特根斯坦就说过，“哲学的正确方法”是“除了能说的东西以外，不说什么事情，

① 黑格尔：《美学》第1卷，朱光潜译，商务印书馆，1979，第13－14页。

② 席勒：《审美教育书简》，冯至、范大灿译，北京大学出版社，1985，第143页。

也就是除了自然科学的命题，即与哲学没有关系的东西之外，不说什么事情”。美学和伦理学都是“不能表述的”，也就不可能有美和伦理的命题。[①] 这就等于说，知识与真理的大门只对哲学（科学）开放，而对文学则是紧闭的。文学是有重要价值的，不过这种价值不是靠纳入追求知识与真理的哲学而取得的。卡尔纳普说：“我们在形而上学与抒情诗之间发现了巨大的类似性”，不过，抒情诗乃至所有文学并不“因此就失去它们对于个人和对于社会生活的高度的价值”，因为人们并不断定别人的文学是正确或错误，通常仅仅把它们叫作“坏诗”就够了；然而形而上学的谬误却在于，它明明像抒情诗一样“给予知识的幻象而实际上并不给予任何知识”，却硬要欺惑人说它给予的是真实的知识，“这就是我们为什么要拒斥它的理由”。[②]

与文学关系密切的是人本哲学。当维特根斯坦认为对于美和伦理应该保持沉默的时候，这个审美和价值领域也就等于留给了人本哲学家。既然客观性和科学性是科学哲学之所长，那么，留给人本哲学家的就是个体的主体性和主观的情绪性，而后者与文学是相通的。人本哲学对生命和艺术的热爱，使一些哲学家走上了排斥科学和技术的道路。在法国，柏格森哲学就是对理性、科学和机械论的支配地位的反动，他认为，“在无机的物质面前，理性是得心应手的”，但是，“当理性从事于生命的研究时它必然会把有生的东西当成无生物质一样处理”。[③] 而德国以尼采、狄尔泰、海德格尔等人为代表的唯意志论哲学、生命哲学和存在主义哲学，也极其反对科学、工具理性和技术统治对于主体生命的压迫和分裂，以及对人生意义的弃之不顾。人本哲学对

---

① 维特根斯坦：《逻辑哲学论》，郭英译，商务印书馆，1985，第 95 页、第 97 页。

② 卡尔纳普：《哲学与逻辑语法》，载 M. 怀特：《分析的时代》，杜任之等译，商务印书馆，1986，第 223 页。

③ 柏格森：《创作论》，载 M. 怀特：《分析的时代》，杜任之等译，商务印书馆，1986，第 73 页。

科学的疏离，使它必然向艺术靠拢。于是，柏拉图的逻辑在这里被颠倒了过来，即文学不是靠接近理性而获取价值，而是哲学以非理性并尊崇生命的感性为荣耀。

人本哲学与文学的密切关系，首先表现在这些哲学家本身就是诗人或作家，他们以写作哲学著作为主，也写作文学作品。譬如尼采的诗歌创作，萨特的小说和戏剧创作等。对于萨特来说，其文学创作的数量并不在他的哲学著作之下，换句话说，他的许多哲学观点是靠着像《恶心》《自由之路》等小说、《苍蝇》等剧作来表现和传播的。加缪的哲学观点则主要是靠他的小说创作来表达的。因此，许多人本哲学派别，就不仅是一个哲学派别，而且也是一个文学流派。由于哲学的诗化，使传统意义上的诗也可立于哲学之林。在狄尔泰看来，从叔本华以后，哲学最强大的影响不是来自体系，而是来自非教条化的哲学思想，它表现在文学和诗歌之中，托尔斯泰、陀思妥耶夫斯基、梅特林克等人也是大哲学家。另一方面，哲学家的哲学著作，也有诗化的倾向。譬如《查拉图斯特拉如是说》，作为尼采的主要哲学著作之一，其实也是一部长诗。罗素说："柏格森的哲学中有很大一部分，或许是他的大部分声望所系的那一部分，不依据议论，所以也无法凭议论把它推翻。他对世界的富于想象的描绘，看成是一种诗意作品，基本上既不能证明也不能反驳。"① 人本哲学这种诗化的性质，使它在西方的职业哲学家中的影响，反不如在文学家中的影响大。

人本哲学与文学的密切关系，还表现在人本哲学家对艺术的推崇。除了将审美的生活看得较宗教的生活与伦理道德的生活为低的克尔凯戈尔之外，几乎所有的人本哲学家都极其推崇审美和艺术。在尼采看来，只有作为审美现象，人和世界的存在才具有合理性。而要回到审美的生活方式，就要舍弃

① 罗素：《西方哲学史》下册，何兆武等译，商务印书馆，1982，第367页。

宗教和哲学的虚假模式。在狄尔泰看来，黑格尔将艺术看成是人类较低阶段的产儿，并将被哲学所取代的观点，是站不住脚的。哲学、艺术和宗教对于生命之谜的解答和反思，有着同样重要的意义。而且由于哲学有着日益被科学化与工具化的倾向，使得本应该是给人生提供价值和意义的哲学，却躲进数学与逻辑的象牙塔，拒斥对社会人生和文化价值的思考。于是，诗人就取代哲学家去追问生命的意义了。在海德格尔看来，在现代机械繁荣与技术统治的背后，神已隐去，从而将无意义和荒谬留给了世界，物质的繁荣掩盖不了现代人精神上的荒芜。“在这贫乏的时代，做一个诗人意味着：在吟咏中去摸索隐去的神的遗迹。正因为如此，诗人能在世界黑夜的时代里道出神圣。”①

第三节　中国传统文化中的文学与哲学

中国的先贤将《诗经》与《乐经》列入“六经”之中，因而就不可能像柏拉图那样在崇尚理性的同时贬低感性和情感，将诗人驱逐出境。同时，也不可能像亚里士多德以及文艺复兴、新古典主义时代的批评家那样，片面将文学进行知识论与理性主义的理解。孔子说：“兴于诗，立于礼，成于乐。”又说：“志于道，据于德，依于仁，游于艺。”中国传统文化中偏重强调“以理节情”“以道制欲”，要求“发乎情，止乎礼义”，并且，文学与哲学的关系是相对恒定的。

孔子说：“朝闻道，夕死可矣。”“参乎！吾道一以贯之。”曾子说：“夫子之道，忠恕而已矣。”所谓忠恕之道，也就是“爱人”，即“己欲立而立人，己欲达而达人”“己所不欲，勿施于人”。不过，这种仁爱与“礼”又是和合在一起的，也

① 海德格尔：《林中路》，转引自刘小枫：《诗化哲学》，山东文艺出版社，1986，第 214 页。

就是父慈子孝、君仁臣忠的“君君，臣臣，父父，子子”。在孔子看来，上下和，礼乐兴，“仁”在其中矣，所以从另一种意义上说，“克己复礼为仁。一日克己复礼，天下归仁焉”。儒家的“理”是讲求伦理秩序的“礼”，其用途之一在于节制人的“欲”。可以说，在儒学中，本体论、认识论从属于伦理学。

儒家讲求“以理节情”。宋儒对“理”进行阐发，将儒家之道上升为与人欲对立的“天理”。在推崇理性精神上，程朱理学从“理”的角度对原始儒学进行了一些形而上的阐发。在原始儒学中，“理”即“礼”，而“礼”又是建构在朴素的伦理情感的基础上，亦即“父慈子孝”以及由此扩大而来的“君仁臣忠”。可以说，“礼”本身就和合了理智、情感与意志，而且这种和合紧紧围绕着伦理实践的善。

孔子将“中庸”看成是最高的道德标准，而中庸之道正是一种“致中和”的法则。老子也说：“多言数穷，不如守中。”中国哲学以“致中和”为重，以“中庸之道”为至高的道德，以反对事物的分化、分裂为追求目标，倡导天人合一，知行合一，情景交融。这种以“致中和”为特征的推崇生命的整体性而反对分化的哲学，对中国文学影响极大。中国古代文学的审美理想是以情景交融为追求，反对主体与客体、物与我、情与景的分裂。

中国的诗歌常与绘画和合，即所谓的“诗中有画，画中有诗”，“诗是无形画，画是无声诗”。中国古代小说与诗词也经常和合在一起，许多小说中都夹杂着大量诗词。《三国演义》以词始，以诗终。除了金圣叹删节的贯华堂本，《水浒传》中也杂有大量诗词。《西游记》中的诗词也不少，在这些小说中，诗词不仅用于描写大英雄的面貌、冲杀的场面，而且还起着连接上下文的作用。说话人每每叙述到一个重要场面，往往就征引或自作诗词，名为“诗曰”“词曰”或者是“有诗为证”。所以，《金瓶梅》又名《金瓶梅词话》，而《红楼梦》中诗词之多和诗词品质之高，能使曹雪芹称得上是杰出的诗人。

中国的文学与哲学关系如此密切，其相互影响就是必然的了。先秦思想的多元化，使文学与哲学的影响关系也显得复杂。虽然《诗经》经过孔子的整理而成为儒家的经典之一，并对后世的诗歌创作发生了重大的影响，但是，《诗经》中的诗歌——特别是《国风》，很难说受过哪家哲学的影响。《离骚》明显受到了儒家哲学的影响，不过这种影响与楚文化的“诡异之辞”与“谲怪之谈”相结合，使之与《诗经》相异而显示了独特的文学个性。到了汉赋，楚文化受到了中原的哲学文化更深的渗透，以致二者已经融为一体。事实上，先秦以后，中国文学基本上接受的是儒道哲学的影响。杜甫显然承继的是儒家哲学的道统，李白则崇道，甚至迷于仙道。而更多的诗人往往是儒道兼而有之，入世从儒，出世从道。迷于仙道的李白也有经世治国的抱负，杜甫也有求道信佛的经历。而宋词与唐诗的风格不同，更显得内向而阴柔，这与儒学变异为理学密切相关。在中国，不同的哲学对不同的文体有着程度不同的影响。一般来讲，诗、散文可以与哲学、历史平起平坐，谓之文史哲不分家，而小说、戏曲显然是被正统文人看轻的。如果说中国的诗与散文主要受儒道哲学的影响，那么，小说、戏曲的情况就要复杂得多。一般来讲，在中国，历史的地位要高于叙事文学。因此，中国的叙事文学就受到了纂史传统的巨大影响。而且由于小说、戏曲面对着的欣赏者主要是民众，因而除了受到儒道二家的影响外，也受到盛于民间的佛教的影响。

通过对中西哲学与文学的讨论，我们不难发现，文学与哲学的这种跨学科性质的比较研究，不仅仅应该研究文学与哲学的影响关系，而且应该研究二者在文化结构中的位置及其演变。而对后者的研究，能够使对前者的研究得以深化。此外，哲学对文学的影响不是单向的，文学对哲学的影响也不可忽视。譬如，再推崇哲学的人，也无法否认诗人拜伦对哲学家尼采的巨大影响。而对于哲学影响文学的研究，也不应该一对一地简单化处理，因为文学中的哲理一般不是直接说理的，而是以想象、象征或隐喻等来表现的。而文学这种表现哲学思想的方法也可能反过来影响哲学家，或者说有些哲学家也偏爱想象、象征或隐喻等表达方式，如庄子和尼采等。

思考题

1. 结合具体作品，简述文学与哲学的关系。

第十一章　文学与心理学

人的动机和行为，既是文学所描写的对象，又是心理学所研究的对象。因此文学和心理学会相互影响。

第一节　心理学与文学的相互影响

心理学对文学的影响主要表现在以下几个方面。

一是心理学对文学形象的影响。以形象表现生活，传达感情，是文学的基本特点之一。塑造个性鲜明独特、意蕴丰富深刻的形象，是大多数作家的共同追求。心理学对文学形象塑造的重要影响，主要表现在两个方面。一是对正面形象，特别是对英雄形象品性的影响。在心理学理论的影响下，文学作品对正面人物和英雄人物的描写更加丰满，虽然有时有点过分强调英雄的黑暗面。二是对塑造形象方法的影响。20 世纪以前，作家在塑造人物形象时重点在于表现“做”，20 世纪以来，在现代心理学的影响下，作家们将笔触伸向了人物的意识深层，塑造人物形象时，不在于表现“做”，不侧重于行为描写，而侧重于“想”，侧重于心理描写，外在行为描写已让位于内在心理活动描写。

二是心理学对文学形式的影响。作为文学组织构造或物质体现的文学形式，是文学意象的存在方式和物化形态。换句话说，文学形式是具有一定意蕴的。心理学不仅影响文学的形象，而且也影响文学的形式。文学从近代向现代的转变中，心理学是一个内在驱动力，它对文学形式要素中的结构和语言，产生了极其重要的影响。

三是心理学对文学趋向的影响。20世纪文学思潮迭起，流派纷呈。但认真审视，它们却呈现出一个相同的趋向：向内转。各种思潮和流派都相对轻视对外部世界和人物行为的描述，重视对人的内心世界，尤其是潜意识、无意识的探索。20世纪文学“向内转”的原因是多方面的，如理论界反复强调的两次世界大战的影响，现代哲学的推动，但现代心理学的影响同样是不可忽视的因素。现代心理学是现代文学“向内转”的重要理论基础之一。

四是心理学对文学批评的影响。荣格在《心理学与文学》一文中指出：“心理学作为对心理过程的研究，也可以被用来研究文学，因为人的心理是一切科学和艺术赖以产生的母体。”[①]荣格从科学和艺术的共同心理根源揭示了心理学对文学批评产生影响的可能性。的确，从心理学作为一门独立学科诞生以来，一直对文学批评有着直接或间接的影响。

心理学对文学的影响是深刻的，同样，文学对心理学的影响也是不可忽视的。19世纪晚期以来，一个优秀的诗人或小说家，所提供的人文方面的、心灵方面的知识往往比一个心理学家所能提供的还要丰富，[②]弗洛伊德的精神分析概念和无意识理论有可能就受到了柯尔律治的启发，他说自己不是第一个发现无意识的人，已暗示了这一点。人的心理活动和脑功能极其复杂，现

① 荣格：《心理学与文学》，冯川等译，生活·读书·新知三联书店，1987，第124页。

② 钱谷融等主编《文艺心理学教程》，华东师范大学出版社，1991，第1-7页。

代心理学和脑科学对人心理活动和脑功能的认识还有很大局限性，这也对探讨文学与心理学的关系带来一定困难。随着心理学和脑科学的发展，人们对文学与心理学关系的认识也会向前迈进。

第二节　弗洛伊德的精神分析学与文学

在西方近代心理学诸派别中，弗洛伊德的精神分析学大概是影响最大的一个学派，以致有些人误认为心理学就是精神分析学。然而要对精神分析学及其艺术理论进行系统地阐发并对其作出恰当分析与评价却不是一件容易的事情。

精神分析学产生于19世纪末20世纪初，它的创始人是奥地利精神病医生和心理学家弗洛伊德(1856—1939)。他的主要著作有《梦的解析》《图腾与禁忌》《精神分析引论》《自我与本我》，以及《文明及其不满》《创作家与白日梦》《列奥纳多·达·芬奇和他童年的一个记忆》《陀思妥耶夫斯基与弑父者》等。

精神分析理论是弗洛伊德在诊治精神疾病的医疗实践中总结的，但它并不只是一种心理治疗的方法，而是一种有着复杂的理论系统的学说，一种理解人类动机、人格和精神结构的心理学派别。精神分析不仅扩大了心理学的研究范围，其理论原则思想和方法也渗透、扩展到了包括文艺在内的人文学科的各个领域，成为20世纪影响最大的学科之一。《弗洛伊德自传》中写道："自从《梦的解析》一书出版以后，精神分析学再也不是医学的东西了。当精神分析学在法国和德国出现的时候，它已被应用到文学、美学，以及宗教史、史前史、神学、民俗学，甚至教育学领域。"

作为一名心理学家，弗洛伊德对文艺不仅有广泛浓厚的兴趣，而且有很高的造诣。他文笔优美，七十四岁时曾获歌德文学奖。文艺问题不仅内在地包含在他的理论系统之中，常常被作为例证进行分析，而且他还专门著文，对文艺创作和欣赏中的许多重要问题以及文艺史上一些著名作家、艺术家的作品进行精神分析学的阐释与分析。在西方心理学家中，弗洛伊德是最多涉足文艺，并对其进行较系统研究的学者之一。正因为如此，精神分析学艺术理论在西方现代美学和艺术理论中占有突出的地位。

然而同时我们也应当指出，在西方现代心理学家中，弗洛伊德也是争议非常大的人物。崇拜他的人，认为他的贡献和对人类精神生活的影响，可以同哥白尼、达尔文、马克思、爱因斯坦等伟大人物相提并论，而反对他的人，则将其学说斥之为伪科学与二十世纪最惊人的狂妄的智力骗局。

在我们看来，对精神分析学这样影响广泛而又复杂的理论，很难用简单的是与非来判断。它既有发人深思给人以深刻启迪的一面，又有极端片面、偏颇和荒谬的一面，而这两者又是难解难分地扭结在一起的。这就需要我们抱着冷静、客观和求实的态度，谨慎地加以辨析。总体而言，我们认为精神分析学及其艺术理论，对于我们探索人类精神的奥妙和艺术的奥秘是有深刻的启发意义的。甚至可以这样说，弗洛伊德的功绩并不完全在于他的学说本身，而在于它给予人们的多面的启迪。这也许正是精神分析学及其艺术理论虽然在某些方面存在着严重缺陷，但仍吸引着众多研究者的原因。正是基于这一点，我们对精神分析学艺术理论进行阐释时，也将尽可能兼顾它可能给我们的启迪。

一、基本原理

精神分析学的文艺思想是精神分析学理论体系的一个组成部分，是内在地包含在精神分析学的理论系统之中的。因此，要了解精神分析学的文艺思想，特别是有关文艺本质的见解，首先必须弄清精神分析学的基本原理。

如前所述，精神分析学是一门有着复杂理论系统的学说，它的理论基石是性本能论(后期弗洛伊德将其修正为“生本能”与“死本能”两种本能论。生本能是以性本能为核心的生命本能，是种建设的本能；死本能则是一种包括自我毁灭在内的攻击本能和破坏本能)，其理论研究的基本对象是人的深层心理的无意识和与其相关的人的精神结构。此外支撑这一理论大厦的还有释梦理论以及压抑、转移、升华、投射等重要概念和理论范畴。

(一)意识、前意识和无意识

无意识是精神分析学的基本研究对象。以往的心理学只研究意识，而精神分析学则反其道而行之，专门研究同人的生理本能特别是性本能相联系的深层无意识，故精神分析学又被称作深层心理学。正是由于弗洛伊德的系统阐发和突出强调，才使无意识这一概念在社会生活和精神文化的各个领域广泛流行。对无意识的深入研究是弗洛伊德对心理学作出的重要贡献。无意识也叫潜意识，它是人的精神活动的重要组成部分。弗洛伊德将人的精神活动分为意识、前意识和无意识三个层次。意识又叫显意识，是主体能够明确觉察到并自觉加以控制的部分，处于意识活动的表层。前意识是无意识中比较靠近意识的部分，它虽然也属于无意识，但在一定条件下可以转化为意识。无意识则是在意识阈之下受到阻碍和压抑的部分，隐藏得很深，要返回和转化为意识比较困难。精神分析最初的目的就在于帮助精神病患者克服心理的抵抗，把潜意识的欲望转化为意识，这样就能达到精神治疗的效果。在弗洛伊德看来，对人的行为动机起决定作用的不是意识而是这种潜意识的欲望。

那么文学家如何把文学创作中的心理分析手法提高到一个新的层面，才能给我们复现一个复杂、多变的内心情感世界呢？弗洛伊德给我们提供了一个方法——自由联想。这是他早年治疗精神病人的一种方法，就是让患者躺在沙发上去自由联想，想说什么就说什么，把梦中的语言一股脑儿从口中涌出。弗洛伊德认为，精神病患者的这种自由联想——语言的颠倒、污秽，逻辑的混乱无章，再现了深层无意识的非理性的真实，而患者把许多侵入意识的意念倾诉出来，把想要说的话说出来，医生就能够获得一些信息，通过病人的回忆、言谈，医生可以帮助病人分析隐匿在他们内心深处的愿望、情节或受到的挫折，发现他们的病因，帮助他们恢复某些受到损害的心理机制，修复患者的心理，从而达到治愈疾病的目的。弗洛伊德把这种方法移植到文学创作中，他认为，作家在构建艺术形象时，应该采用这种自由联想法，并且它与艺术想象之间并无区别。他认为，正常人在睡梦中的意识活动，也是一种自由联想，虽然时空跳跃较大，但仔细回想起来仍可发现有某种逻辑规律可循。作家有时可以分别使用这种意识流，有时则交叉使用二者，达到揭示人物复杂多变的心理活动的目的。

这种潜意识的理论以及意识流手法，自然而然带来了小说形式、结构模式上的变革。我们知道，传统小说主要是采用情节结构方式，即以故事情节的发展和人物性格的发展变动构思作品，但心理学渗透于文学之后，一个直接的影响就是，新一代的作家不满足于传统方法，甚至对此表示反感，而是以各种反传统方式进行创新。大量自由联想、内心独白的运用，无意间打破了传统的情节结构方式，根据人物的意识和无意识的流动和闪现来呈现作品，使作品的时间进程和空间转换呈现为无序性，情节发展呈现为非连贯性，过去与现在、现在与未来、梦幻和现实，随意颠倒，不作任何说明，从而突出了无意识活动的变幻莫测。

(二)本我、自我、超我

20世纪20年代以后,弗洛伊德经过更细致深入的研究,在《自我与本我》等文中对上述理论加以改造与发展,提出更为系统和深刻的人格结构理论。按照这一理论,一个人的人格结构,包括本我、自我、超我三个组成部分。本我属于无意识,它代表人格中最原始的心理能量和本能冲动,即所谓"里比多"(Libido,性欲),其中最主要的是性本能冲动,它是非理性的,受快乐原则支配,一味寻求满足。自我在本我之上,以知觉系统为核心发展而来,是本我在外部世界直接影响下发生变化的一部分。它的职能有两个方面:一是感受外部刺激,把外部世界的影响施加到本我身上,对本我进行压抑和控制;二是体验和满足本我的需要。由于自我是从本我中分化出来的,同本我有千丝万缕的联系,所以它总是尽可能地通过各种迂回的途径与方式满足本我的需要,不让对本我施加的压抑太过分。自我代表人格中的理性,它遵循的是现实原则。超我,又叫良知,是道德化了的自我。它体现社会道德标准和自我理想,以及人格中自我批判一类的东西。它按至善原则活动,其主要职能是指导自我去限制本我的活动。

从上述分析中我们可以看出,人格中的这三部分是相互关联和相互作用的一种动态结构。其中本我是本原,自我是受外部世界影响从本我中分化出来发生变化的一部分,超我本质上又是自我的一部分,是"自我理想"与"道德化了的自我"。从本质上说,它们都来源于本我,但同时又都对本我起着限制和压抑的作用。本我作为一种原始的本能欲望要求宣泄和释放,并从中得到快乐和满足,超我则从"至善原则"出发力图通过自我去限制和压抑本我的活动。自我夹在这二者之间只能起平衡、调节的作用。它一方面体验和满足本我的需要,另一方面又要按照超我的指令对本我进行压抑和限制,不使其越出社会道德规范所允许的范围。如果对本我压抑过分,心理能量得不到适当宣泄和转移,就会导致精神疾病,严重的甚至会导致精神分裂;而如果一味放纵,对本我不加约束和限制,则会危及社会,造成犯罪,为道德法律所不容。因此,自我在人的精神结构中起着调节和维持心理健康与心理平衡的关键作用。

弗洛伊德的人格结构理论从一个方面有效地解释了人的行为动机、内心冲突以及梦幻、精神疾病等产生的原因。从文艺的角度来看,它对我们探索艺术家的创作动机、人格结构等也不无启示作用。

(三)压抑、转移、升华

压抑、转移、升华是精神分析学常用的一组概念。它们之间相互关联,形成一种动态的运作系统和机制。其中压抑是最关键的,它是指超我与自我对不道德的、违反社会伦理的本能欲望的限制。转移则是一种能量的转移与替换,由一个对象转移到另一个对象,作为前一对象的代替物。本能冲动要求释放,超我与自我则压抑本能冲动,作为妥协,本能欲望被迫转移到其他目标上去,通过别的途径与方式求得变相的、代替性的满足。比如做梦就是被压抑的欲望的一种象征性的满足。升华也是一种能量的转移,所不同的是,升华是指本能欲望转换到一种有价值的、对社会有益的,乃至高尚的活动中去,比如科学活动、文学艺术活动以及其他社会实践活动。根据这一理论,弗洛伊德认为文学艺术的本质就是性本能欲望的升华,是潜意识欲念的象征性表现。文艺的作用就在于使作者与读者受到压抑的本能欲望,通过转移与升华,以社会所允许或赞赏的形式得到一种补偿或变相的满足。这是弗洛伊德关于文艺问题的基本观点,他的这一观点完全源于他的理论体系,是其理论体系的一个有机组成部分。而他关于文艺问题的其他一系列观点,又同这一总的观点相联系。

这里需要指出的是，弗洛伊德将文艺的本质同人的情感、愿望联系起来是有其合理性的，属于艺术表现论的一种观点，但他更强调表现人的深层的无意识欲望，就显得过于武断和片面了。这种“泛性论”的观点已有不少人指出过它的问题，它也是导致精神分析学派内部分裂的最主要的原因。毫无疑问，性是人类生活的一个重要方面，由性派生出来的爱——性爱、情爱也是人类生活的重要内容，古今中外许多文艺作品都描写和赞颂了情爱。然而无论是性爱还是情爱绝非人类生活的全部，这也是显而易见的。弗洛伊德不仅用升华论来界定文艺本质，而且用“性本能”来解释人类的一切精神活动与物质活动，把它看作是人类一切活动的原动力和最终根源，这显然是偏颇与荒谬的。

二、关于创作动机的理论

精神分析学从实质上讲是关于人类深层心理动机的理论，属于动力心理学的范畴。这是一个长期被忽略的领域，弗洛伊德之后才真正成为心理学的研究对象。弗洛伊德认为人的一切行为动机均来自于无意识的本能欲望，它是人类一切活动的根本动力和动因，文学艺术也不例外。但在具体探讨文艺家的创作动机时，弗洛伊德用了一个一般人和文艺家也常用的概念——幻想。幻想是由不能实现的欲望催生的，因而幻想的实质也就是被压抑的欲望。他在《创作家与白日梦》中写道：“我们可以断言：一个幸福的人绝不会幻想，只有一个愿望未满足的人才会。幻想的动力是未得满足的愿望，每一次幻想就是一个愿望的履行，它与使人不能感到满足的现实有关联。”这是一段关于幻想的性质和创作动因的极为精彩而深刻的论述。它告诉我们：文艺创作者大都是在现实中遭遇不幸或感到不满足的人，文艺创作则是他们以幻想的形式满足其愿望的一种活动。他的这一思想同我国古代关于创作动因的一系列论断极为相似。司马迁在《史记·太史公自序》里说："夫《诗》《书》隐约者，欲遂其志之思也。昔西伯拘羑里，演《周易》；孔子厄陈、蔡，作《春秋》；屈原放逐，著《离骚》；左丘失明，厥有《国语》；孙子膑脚，而论兵法；不韦迁蜀，世传《吕览》；韩非囚秦，《说难》《孤愤》；《诗》三百篇，大抵圣贤发愤之所为作也。此人皆意有所郁结，不得通其道也，故述往事，思来者。"在《报任安书》中，司马迁也说过类似的话。这就是中国文学史上有名的"舒愤懑"。在这段话里，司马迁列举了在他之前一些著名的政治家、哲学家、军事家、文学家及其著作，认为这些作品之所以产生，是由于其作者均承受过这样或那样的不幸，因而心有郁结，借著书立说或文学创作来表达个人的某种情感或愿望。所谓"述往事，思来者"，即在往事中寄托作者对未来的愿望或理想。而这也正是司马迁自己在遭受宫刑之辱以后仍以坚韧不拔的意志写完《史记》这部巨著的原因之所在。此外，杜甫的"文章憎命达"、韩愈的"欢愉之辞难工，而穷苦之言易好也"，欧阳修的"诗穷而后工"的说法，都同司马迁的上述论断一脉相承。在他们看来，这似乎是一种规律性的现象——诗人的命运愈不好，其创作则愈成功。这也就是说，作家只有在现实中受尽煎熬，穷困潦倒，仕途多艰，愿望理想得不到实现，才会将其情感倾注到文学艺术的创造中，写出传世的诗文佳作。

从动力心理学上讲，动机有缺乏性动机与丰富性动机两种。弗洛伊德强调的是缺乏性动机（"未得满足的愿望"显然是一种缺乏）。缺乏产生需要，因而也产生动机与幻想。就创作动机而言，丰富性动机固然也有存在的依据，如自我实现与爱就是丰富性动机的表现，但更普遍和更根本的内在动因则是基于缺乏，以及由此而产生的精神上的失衡。王国维在《人间词话》中说："古诗云：'谁能思不歌？谁能饥不食？'诗词者，物之不得其平而鸣者也。故欢愉之辞难工，愁苦之言易巧。”这实际上是对缺乏性动机在文艺创作中的作用的一种积极肯定。这一点上，我国古代文论与弗洛伊德的“欲望幻想”说确有一致之处。不过应当指出的是，弗洛伊德所说的幻想与未得满足的愿望，并不是我国古代文人孜孜以求的那种个人抱负与社会理想，而是有特定含义的。他认为幻想依据幻想者的性别、性格和环境可以分为两大类：一类是野心，想出人头地。用现代的话来说就是事业心，渴望在事业上有所成就。再一类是情欲。这种欲望受到超我的压抑，在现实中不能充分发泄，只能到包括文艺创作在内的幻想中去求得变相的满足，从而成为艺术创作的动力。

在动机理论中，弗洛伊德特别重视童年经验。他认为创作动机的形成，与创作者童年时的经验，特别是其中的恋母情结有关。他认为，强烈经验唤起了创作家对早年经验的回忆(通常是孩提时代的经验)，这种回忆在现在产生了一种愿望，这种愿望在作品中得到了实现，使作品本身包括了两种成分：最近的诱发事件和对旧事的回忆。这也是创作动机发生的心理过程。如果我们将这段话加以简化，就会得到如下的过程：当前的诱发事情—回忆愿望—作品。在这个过程中，弗洛伊德肯定了愿望的动力学意义。这段话也可以倒过来说，愿望是由对往事(特别是童年经验)的回忆引发的，而回忆则是由当前的事件诱发的。在这里最重要的是童年经验。在弗洛伊德看来，童年经验是文艺作品最实质的内容，也是推动作家进行艺术创作的深层动因。

第三节　荣格的分析心理学及其文艺观

在西方现代心理学和文艺心理学中，荣格的名字几乎同弗洛伊德一样重要，一样为人们所熟知。他虽然曾一度师承弗洛伊德，但他所创立的分析心理学却在许多方面超越了先师弗洛伊德，他对弗洛伊德的学说进行了批判与改造，形成了自己独特的理论体系。虽然分析心理学仍属于精神分析学的一个学派，但它所提出的概念、范畴却大大扩展了精神分析学原有的研究方向和范围。在文艺学方面荣格同样也有自己独特的贡献。

荣格原是瑞士苏黎世的精神病医生，他在未参加弗洛伊德精神分析学派的活动之前，已在病理心理学的研究方面颇有建树。弗洛伊德《梦的解析》一书出版后，荣格极感兴趣，随后他便将主要精力投入精神分析的研究，成为弗洛伊德的主要追随者之一。1911 年他与弗洛伊德共同创建国际精神分析学会，并被推举为该学会第一任主席。两年后他在主要学术观点上与弗洛伊德发生分歧而导致二人分裂，1914 年他在苏黎世另创一新的学派即分析心理学。

荣格对弗洛伊德学说的修正与发展主要表现在两个方面：一是他对“里比多”的含义做了更宽泛的解释。认为“里比多”不是性本能的代称，不能仅仅理解为性，而是一种生命的内驱力和普遍的生命力，它表现于生殖和生长，也表现于其他活动。弗洛伊德后期虽然对“里比多”的含义做了修正，提出了生、死两种本能论，但仍以性本能为核心。而在荣格的解释中性的成分已很微弱。荣格反对用性来解释一切现象。二是他针对弗洛伊德的个体无意识理论，提出了集体无意识的概念。他反对过分强调个体童年时期的经验，认为在无意识心理中，不仅有个体来自童年的经验，而且还积存着许多原始的、祖先的经验。这种先天遗传着的种族记忆或种族经验，就是潜藏在每个人心灵深处的集体无意识。它较之个人无意识更加重要。此外，荣格还根据他的“里比多”理论，对人的个性进行了分类研究，提出了以内倾和外倾为基本特征的人格类型说。

荣格的主要著作有《无意识心理学》《心理类型》《精神结构》《心理学与宗教》《分析心理学的理论与实践》等。专门探讨文艺问题的则有《文艺批评理论:从柏拉图到现在》《心理学与文学》等。下面我们主要从两个方面来考察荣格的学说及其文艺思想。

一、集体无意识与原型观念

(一)集体无意识与原型的意义

集体无意识是荣格分析心理学最有代表性的核心概念。正像离开了性就不可能了解弗洛伊德一样,离开了集体无意识也不可能了解荣格。同弗洛伊德一样,荣格也十分重视心理活动中的无意识。但在荣格看来,在人的精神活动领域中,不仅存在着个体无意识,而且还存在着一种更深邃的、人们未曾认识到的集体无意识。据此,他将人的精神结构分为三个层次:意识、个人无意识、集体无意识。

意识,是指主体可以自觉认知到的一切东西,包括思维、情感、记忆、知觉等。

个人无意识,是无意识的表层,它来自个人经验,含有个人特性,是个人无意识经验的贮藏地。其形成大体有两种情况:一是个人曾经意识到但又被压抑和遗忘的东西。二是一开始就没有形成意识印象的那些属于知觉阈范畴的东西,即一切不足以形成意识的微弱刺激和日常经验。它大体上相当于弗洛伊德学说中的前意识。

集体无意识是人格结构的最底层,同时它也是无意识的最底层。这是荣格关注和研究的重点。集体无意识是由遗传保留下来的一种原始经验和普遍精神,是人类共有的一种经验模式。具体来说,它有三个主要特点:其一,它不是来自个人经验,也不是后天获得的,而是与生俱来,由种族遗传所造成的。其二，它是超个体的、普遍的，是所有地方和所有人均有的大致相似的心理和行为模式。荣格选择“集体”一词是因为这部分无意识不是个别的，而是普遍的。它与个性心理相反，具备了所有地方和所有个人皆有的大体相似的心理和行为方式。换言之，由于它在所有人身上都是相同的，因此它组成一种超个体性的共同心理基础，并且普遍地存在于我们每个人的身上。因此，超个性和种族遗传性是它的最主要的特点。其三，它处于无意识结构的最底层，在正常情况下不会变成意识，也不能用任何一种心理分析的方法把它追忆和再造出来。

在分析心理学中，与集体无意识这个概念相联系的是原型观念。原型，有时也叫原始意象，是集体无意识的主要内容和在心灵中的表现。所有原型的集合即构成了集体无意识。从字面上讲，原型就是预先存在的形式，是从远古时代、史前时代，甚至在从动物进化到人类以前就存在的一种形式。它通过种族记忆的方式遗传下来，从而形成一种与生俱来的心理模式，一种对世界的某些方面作出反应的先天倾向，一种本能行为的模式。原型本身是空洞的、纯形式的，是一种先天的能力，一种被认为是先验的表达的可能性。荣格认为原型即领悟的典型模式，当我们面对普遍一致和反复发生的领悟模式时，我们就是在与原型相遇。

原型除了具有超个体性和种族继承性之外，它的最主要的特点就是抽象性、符号性。原型不是由内容而是由形式来决定的。它是一种无内容的形式，是无数同类经验的精神残留物，由于千万次地重复和普遍一致，而舍弃了内容，成为纯形式的结构。它在形成过程中经过对原始经验的不断提炼、简化，最后只剩下了一种框架。正因为如此，原型具有符号的功能。

原型既然是先天的，由种族遗传而来的，那么它同人们的后天实践有没有关系？从荣格的有关表述来看，他虽然肯定原型形成中经验的雕刻作用，但他着重肯定的仍是最初的原始人类的经验，这些经验通过种族遗传而被继承下来，从而具有了先天的性质。人们的后天经验只能印证、加深，最多只能丰富、补充这种模式，而很难改变它，或者另建新的模式。它是一种难以数计的千百万年来人类祖先经验的沉积物，一种每一个世纪仅增加极少极小变化和差异的史前社会经历的回声。就是说，后来人的实践活动对原型的影响是微乎其微的，也正因为如此，原型只能发现，而很难人为制造。从这里我们不难看出原型的原始性的特点。

（二）原型的类型及其在文艺作品中的表现

原型的种类繁多。按照荣格的说法，人生中有多少典型的情境就有多少原型。但荣格认为在每个人的人格中具有重要意义的是以下四种原型：①人格面具；②阿尼玛和阿尼姆斯；③阴影；④自身（也叫自性、自我）。人格面具是指一个人的外在性格或外在态度，是个体在环境影响下造成的与别人接触时的假象。它掩饰着真正的自我，与真实的人格不符，其行为在于迎合他人对自己的期望。它是人格的最外层。阿尼玛和阿尼姆斯的意思是灵气，分别代表男人和女人身上所表现的双性特征。阿尼玛是指男人身上的女性特征，阿尼姆斯指女人身上的男性特征。这种特性也是种族遗传的结果，是自己觉察不到，别人也看不见的性格。阴影，又称黑暗自我，处于人格的最里层，是具有兽性的低级遗传本能，包括一切激情和不道德的欲望及行为，类似于弗洛伊德所说的本我。自身原型是最主要的原型，包括潜意识的一切方面，起着将整个人格结构加以整合并使之稳定的作用。除了上述四种原型之外，荣格及其他原型研究者经常提到的重要原型还有曼达拉原型（在不同文化中反复出现的一种象征）、智叟原型、老祖母原型、英雄原型、上帝原型、神童原型、十字原型、大地母亲原型等。

原型经常出现在梦境、幻觉、神话、童话以及原始宗教之中，同时它也出现在伟大的幻觉型的文艺作品之中。如此一来，寻找原型，分析文学作品的原型模式，就成了原型批评的一项重要任务。原型批评，又叫神话原型批评，这是因为在每一民族的神话中，这种来自种族记忆的原型模式表现得最为明显和突出。但在后来的批评实践中，人们已经不局限于从古代神话中提取原型，而将其扩展到了更广泛的文学领域。不仅涉及文学作品的主题、人物，同时也涉及形式、结构。在某些方面它也同社会历史结合起来。这样在文学作品中原型的表现就显得极其多样。它可以是意象、象征、主题、人物，也可以是文体、结构单位、叙述程式、故事模式。只要它们在不同的作品中反复出现，具有约定的语义联想，都可以被认为是某种原型。加拿大学者弗莱认为原型即那种反复出现的意象，在文学作品中反复使用并因此而具有约定性的文学象征或象征群。比如《简·爱》中贯穿全篇的原型意象——火，就是有象征含义的。有人统计在《简·爱》一书中有一百多处提到火，并且在不同的场合均有不同的意义。它有时是社会生活和家庭生活的象征，有时暗指情欲、激情和人物的叛逆性格，有时代表基督教的精神净化和永恒惩罚。原型在文学作品中多半是通过文学象征来体现的，但并非所有的文学象征都是原型或具有原型的意义。原型性象征是指那种对于人类或至少对大多数民族来说具有相同或类似意义的象征。如血、光、火、黑暗、水、圆圈（同心圆）、轮子等，都属于原型性象征。

在叙事性作品中，原型又多体现为某种结构单位或叙事程式。这种程式在某个民族的文学作品中反复出现而且有着深刻的历史文化根源。如中国民间文学中的“难题求婚”故事模式就具有这种特点。所谓“难题求婚”是指由女方或女方的父亲向求婚者出难题，求婚者只有解决全部难题才被允许成婚。这类故事在我国各民族的民间故事中都大量存在，著名的如“苏小妹三难新郎”（苏小妹被演绎为苏轼的妹妹，新郎是当时有名的诗人秦少游）。这一风俗至今在我国许多地方迎新娘的婚礼上仍然被保留着。据考察，我国西南少数民族的许多民间故事都有难题求婚的情节。这一故事模式不仅在中国民间故事中普遍存在，它的原型还可以上推到中国古代典籍中关于尧舜禅让、象（舜的同父异母兄弟）迫害舜的传说。据《孟子》《史记》《列女传》等古代典籍记载，舜的父亲和象曾用焚廪、填井等计谋陷害舜，但舜都机智地逃脱了。因为舜经受了种种考验，表现了非凡的才智和品德，所以被尧选做继承人，尧并且将自己的两个女儿——娥皇和女英许配给舜为妻。

原型可以是全人类的，也可以是某一民族或种族所独有的。如荣格提到的《浮士德》中的浮士德精神就是潜藏于德国人心灵深处的一种集体无意识。这种集体无意识表现在文学作品中就是原型主题或原型象征。据此，我们认为，塞万提斯笔下的堂吉诃德精神，鲁迅小说中的阿 Q 精神，也是既有民族性又有全人类性的原型主题和集体无意识的表现。我国 20 世纪 80 年代出现的“寻根文学”，也是中国当代作家力图追根溯源，找出中华民族精神上的“根”的一种努力。

（三）原型产生的根源

关于原型的来源，有两种对立的观点：一种是生物继承论，认为原型同人的形态结构一样由遗传获得。按照这种观点，在新生儿的大脑中就已经先天地存留着种族遗传的信息。再一种是社会继承论。持这种观点的学者认为，原型的形成是人类文化积淀的成果，它像社会习俗一样，主要是通过人类后天的社会实践活动，以一种约定俗成、潜移默化的方式传承下来的。因而不能把原型仅仅看成是遗传信息的载体，同语言符号一样，它也是文化信息的载体，积淀着人类的文化与历史。

荣格本人所持的主要是前一种观点，但他也不否认后天经验。不否认历史文化对心理结构的“镂刻”作用。不过在总体上他更重视原型的原始性质，强调原初经验对原型结构的规范和决定意义。其次，他认为后天获得的经验，只有通过长期的“镂刻”作用，才能成为原型的一部分被继承下来。也就是说，社会文化历史因素，只有内化为人的生物性的一部分，才能作为遗传密码被继承。荣格的这一看法，在某种程度上已得到现代心理学的支持。尽管如此，将原型仅仅理解为一种类似动物本能的遗传信息仍然是过于偏狭的，在我们看来，原型含有生物继承的因素，但主要恐怕还应归之于人类长期的文化积淀。

与此相联系的一个问题是，原型为什么多出现在梦境或精神病患者的幻觉中？此外，原型在神话、童话以及幻觉型的文学作品中也表现得比较突出，这又是为什么？对前者，荣格解释为“意识功能退化”，即在梦幻中及精神病人身上，意识对无意识失去了控制的能力。至于幻觉型作品则是由于创作中的自主情结使然。而自主情结（又叫自发情结）的产生同样也是“意识功能退化”的结果。由于意识功能的下降，无意识占据了压倒优势，进入活跃状态，从而产生以自发性为主要特征的自主情结、原始意象和幻想等。

二、文学作品的类型

对文学作品进行分类研究是荣格分析心理学的一大特色。荣格将文学作品按创作方式的不同分为两大类：一类是心理型的，另一类是幻觉型的。这两类作品的区别主要有以下几点：

一是素材来源不同。心理型的作品，其素材来源于作家的个人经验和意识的范围，注重对现实事物的真实描绘，作品所描写的大都是人们所熟悉的事物，是作家自觉创造的成果；幻觉型的作品，其素材则来源于人类心灵深处的某种陌生的东西，是人所不能理解的原始经验，而非作者个人的幻觉经验，它着重表现的是人类心灵的幻觉真实。

二是表现方式不同。心理类型的作品和谐有序，故事情节、人物形象均符合生活的逻辑，主题也比较明确；幻觉型的作品则畸形怪诞，偏向反常，充满梦幻般的意象，且主题隐晦不明。前者多用直接描写现实的手法表现人生，后者则用象征的手法暗示人类神秘的幻觉经验。

三是审美效果不同。心理型的作品给人的印象比较清晰，读者比较容易了解和把握；幻觉型的作品则比较晦涩，甚至稀奇古怪，一般读者很难理解，面对这类作品，人们常常感到惊愕，迷惑不解。

荣格认为大多数作品属于心理型，比如《浮士德》第一部和席勒的剧作。常见的描写爱情、家庭生活和社会问题的小说，一般的抒情诗和悲剧、喜剧等也属于这一类。属于幻觉型的作品，荣格提到的有《浮士德》第二部、但丁的《神曲》、尼采的《查拉图斯特拉如是说》等。

在这两类作品中，荣格着重分析和肯定的是幻觉型的作品。他认为心理型的作品一目了然，人人都可以读懂。在这类作品中，作者已经进行了详尽的心理分析，完成了心理学的解释工作，因而无须心理学家画蛇添足。心理学家最多只能就此评论一番罢了。而幻觉型的作品则不同，它充满神秘、怪异和混乱的意象，作者又没有提供任何解释，不仅一般读者难以读懂，就是作者本人也未必能确切说出它的意义。荣格认为，这类作品才是心理学家感兴趣的，也才值得心理学家去重视："使心理学家收获最多的是这样一些小说，在这些小说里，作者并没有对他的人物作过心理学的阐说，因此留下了分析解释的余地。不仅如此，这些作品的表现方式甚至呼吁心理学家对它们进行分析和解释。""心理学家最感兴趣的，恰恰是这种显然缺乏心理旁白的精彩叙述。""因为只有心理学家才能使这些小说具有更深的意义。"荣格的这种思想很值得注意，它包含着荣格对文艺心理学研究对象的特殊理解：其一，他认为文艺心理学研究的对象是完全没有心理解释的作品，即幻觉型的作品，而非一般人所理解的充满心理描写和心理分析的所谓心理小说。其二，他认为文艺心理学研究的重点应当是文艺创作中的无意识，特别是集体无意识（即所谓幻觉经验），而不是人所共知的意识层面。这种看法是否偏颇可以研究，但对我们至少是有启发的。因为这些方面也许正是我们所忽略的。

思考题

1. 结合具体作品，谈谈弗洛伊德的精神分析学对文学的影响。
2. 结合具体作品，谈谈荣格的集体无意识思想对文学的影响。

第十二章　文学与科学技术

当今，科学技术深刻地改变了人与世界的关系，改变了人类的思维方式和价值体系，也改变着文学的面貌。研究文学与科学技术的关系不仅是时代的需要，而且将为比较文学这一开放体系带来新的发现。正如人们指出的那样："面对21世纪新人文精神的发展，文学的跨学科研究可能会更多地集中于人类如何面对科学的发展和科学对人类生活的挑战。"①

第一节　文学与科学的联系

英国学者斯诺于1959年出版了一本书，名曰《两种文化与科学革命》，他在书中将文学与科学归于两种不同的文化。针对人们将文学与科学对立的做法，斯诺主张人文学者应该敞开胸怀接受科学的精神与成就。该书出版后引起很大反响，在1963年再版时被斯诺改名为《两种文化及其再检讨》。虽然

① 乐黛云：《比较文学原理新编》，北京大学出版社，1998，第32页。

斯诺在书中主要痛陈文人与科学家的分歧，但实际上他讨论的范围涉及整个人文学科与科学的差异。斯诺本人并不希望扩大这种差异，而是希望在人文与科学之间架起桥梁。的确，长期以来人们一直将文学与科学作为认识世界的不同方式，对它们之间的差异和对立看得十分清楚，而对它们之间的整体共生和互相渗透却很少在意。了解、研究文学与科学的联系，将有助于更好地认识人类社会的发展规律。

一、文学与科学的共生性

文学和科学的分野是人类发展到一定阶段才出现的。在古代，科学同哲学、文学、宗教等混杂在一起，没有获得独立的学科地位，世界是以整一的方式呈现的。古希腊人关于宇宙本原、数学等方面的知识大多包含在他们的哲学和历史著作中。中国的《易经》也蕴含了丰富的哲学、天文等知识，其阴阳五行学说已涉及万物构成的问题。

18世纪以后，随着科学的迅速发展和日臻完善，科学领域逐步形成体系严密的各种专业体系。人文与科技、社会科学与自然科学等分别在自己的天地里发展着它们关于世界的知识体系。

现代学科知识分类的细密化、专业化使人类对世界某一方面的认识更加深刻，但也使人们失去了对世界的整体观照。有学者认为："我们有一个科学的人类学、一个哲学的人类学和一个神学的人类学，它们彼此之间都毫不通气。因此我们不再具有任何清晰而连贯的关于人的观念。"[①]对综合性的追求使人们质疑这种机械的分工，学科的划分不是一直都有的，它们也不会永远

① 恩斯特·卡西尔：《人论：人类文化哲学导引》，甘阳译，上海译文出版社，1985，第29页。

不变。20 世纪后半叶出现的大量学科交叉研究的现象证明，文学与科学并非无法融合，它们共存于社会之中。各个学科门类不是孤立的和割裂的，而是相互依赖、相互渗透的。也许在学科之间的交界处，人们可以找到研究的新入口。

二、文学与科学的互通性

目前，人们已经看到文学与科学的某些共同属性，并开始对这些属性和相互关系加以研究。

尽管文学与科学在思维方式和研究方法上有很大差异，但从根本上说，文学和科学都属于创造性活动，都需要创新精神。文学和科学都注意对生活的观察和体验，在文学创作初期，作家都有一个对材料的搜集和提炼的过程，科学研究更离不开大量积累。文学和科学两者都离不开假设和想象，实验科学虽然强调实证，但提出问题是需要假设的，运用演绎方法产生的科学定律更是与假设分不开。

从比较文学的角度看，文学艺术的发展是与科学技术的发展结伴而行、相互促进的。文学艺术的变革推动了科学技术的进步，科学技术的进步也促进了文化艺术的发展。欧洲 14 世纪下半叶到 16 世纪的文艺复兴运动，就曾大大解放了人的思想，促进了科学技术的发展，为现代的实验科学打下了基础。在科技史上，科学上的一些重大发现，早在被科学家揭示出来之前，在文学作品中就有描述。文学的想象力有时成为启发科学的先导。往日文学作品中大胆描述的那些奇妙的虚幻之物，在今天的科学技术发展中已成为现实。

就终极目的而言，文学与科学技术也是一致的。文学的使命是为人类寻找精神家园与情感归宿，科学技术的未来也是为了给人类寻找更适宜的生存空间。两者从根本上说都是以人为本,造福于人类。

三、文人与科学家

兼具科学头脑的文人在中外文化史上并不鲜见。亚里士多德就是一个百科全书式的人物;德国大文豪歌德对植物学有浓厚的兴趣,曾写了《植物变形记》一书;法布尔的《昆虫记》以其在文学和科学上的非凡成就受到举世推崇;我国诗人屈原在《天问》中曾对宇宙和自然发出一连串诘问,表现出一种强烈的求知和探索精神;《徐霞客游记》既是一部游记文学作品,又对山川形胜、岩石地貌、水文矿产有翔实的记述,徐霞客亦既是地理学家又是文学家。之所以列举这些,说明文学与科学作为人类的创造性活动,在精神上有相通和相济之处。不仅如此,一些经典作家曾自觉地学习和运用科学理论和方法,如福楼拜就曾对医学、自然史、考古学等学科表现出极大的兴趣。同样科学家从文学中也可以获得很多滋养。

当然,文学与科学毕竟是两种不同的话语体系。文学作为一种审美活动,与科学活动中的主客体关系不完全一样。科学研究注重客观性、系统性,科学研究中的主客体主要是一种认识关系,是主观思想不断地逼近客体的过程;而在文学中,主体虽不排斥对客体本身的认识,但更注重主体的感受,更推崇的是激情与想象,主体的情感、态度和评价在文学创作中始终居于主导地位。我们研究文学与科学之间的关系,并不是为了泯灭差异,而是为了使今天的生活更加完整,更加丰富,使人们在科技文明的语境中得以诗意栖居。

第二节　科学发现对文学的冲击和渗透

科学技术作为生产力的一部分，具有推动历史前进的伟大力量。从思想层面看，自然科学对客观世界的新发现不断更新着人们对世界的认识，直接或间接地影响社会科学及意识形态，当然也包括对文学的渗透和影响。从技术层面看，科学技术为文学艺术的发展提供了更多的手段和更广泛的空间。如纸张和印刷术的发明，极大地推动了思想文化的普及，使每一个识字且买得起书的人都能够接触到哲学、宗教和文学。而电脑和网络技术的出现，更使文学及文学研究发生革命性的变化。如今，高新技术在文学艺术领域得到广泛运用。下面以文学为基点，谈谈几个划时代的科学发现对文学观念和文学创作的冲击。

一、达尔文的进化论与文学的发展观

1859 年，达尔文的《物种起源》在英国出版。达尔文认为物种是由遗传和变异形成的，大自然无时无刻不处在一个残酷的竞争中。这种进化论学说深刻地影响了哲学、社会学、历史学、伦理学等学科，也全面影响了文学各个领域。

19 世纪的一些文学理论家和文学史家将进化论广泛运用于文学研究，以探寻文学发展的规律。达尔文认为，变异性是生物机体的基本特性之一，而机体本质和外界条件则是生物生存所需的两个因素。环境可以影响到机体本质,使之发生变异。丹纳在《英国文学史》《艺术哲学》中套用了进化论的观念,提出了制约文学发展的三大要素:种族、环境、时代。种族是生物的机体本质,环境和时代则是生物的外界条件。法国的另一学者布吕纳蒂耶在《十九世纪法国抒情诗的进化》中也试图用达尔文的进化论解释文学类型的变迁,他认为各种不同的文学类型在很大程度上如同物种一样进化发展,并且当一种文学类型(物种)消亡时,它的某些因素又进入到新的文学类型(物种)之中。

有些作家直接将进化论思想运用于文学创作。英国科幻小说家威尔斯在小说《时间机器》(1895)中就依据进化论的原则描述了几十万年之后的世界。他设想那个时代的人类已分成两类截然不同的敌对动物。一类住在地面上,因长久不劳动而躯干退化缩小;另一类整天在地下工厂劳动,具有野兽般的特性。这两类人展开了殊死的斗争。还有些作家接受了由社会学家阐发的社会达尔文主义,将动物界的生存斗争和自然选择的结论套用到人类社会中。这些作家在运用该理论时则表现出不同的甚至对立的思想倾向。与那些推崇强者生存的作品不同,英国作家哈代从社会达尔文主义中感受到的是被压迫的弱小人物可悲的命运,在诅咒不公道的社会的同时,也喟叹强者得意弱者受难的宿命很难被改变。

达尔文的进化论对中国文学特别是"五四"新文学的诞生有着不可低估的作用。起初,文学进化论被用来肯定白话文学的必然发展。梁启超认为:"文学之进化,有一大关键,即由古语之文学变为俗语之文学是也。各国文学史之开展,靡不循此轨道。"[①]五四运动前夕,文学进化论成为向旧文学宣战的思想武器。胡适在《文学改良刍议》中说:"文学者,随时代而变迁者也,一时代有一时代之文学。……此非吾一人之私言,乃文明进化之公理也。"胡适接

① 阿英编《晚清文学丛钞·小说戏剧研究卷》,中华书局,1963,第308页。

受了进化论中“渐变”的观点，主张文学改良应循序渐进。鲁迅先生早期也是一个进化论的宣传者，他欢迎革命，相信将来胜于过去，青年胜于老年，抨击旧物，催促新生。后来他接受了马克思主义，认识到了进化论的局限而转变成一个阶级论者。

二、爱因斯坦的相对论与文学观念的变革

从科学技术发展史上看，19 世纪末 20 世纪初自然科学领域出现了重大突破，非欧几何的问世，量子论的提出，用基因概念解释遗传机制，狭义相对论和广义相对论的创立……这些研究成果修正或否定了过去被认为是无可辩驳的真理的科学结论和定理，其中最伟大的理论之一就是爱因斯坦的相对论。在相对论的世界里，一切都与人的运动、人所处的位置有关。一个人乘坐光子火箭到宇宙空间去旅行，返回后看到儿子已是白发苍苍的老人，自己却还是那样年轻。这就是说，时间与运动相关，在不同的速度中有不同的时间。并且，空间也不是独立存在的，而是与时间互相依存的。物体的质量是可变的，牛顿定律只在常规中有效，超出一定范围，它便是错的。

现代科学的这些惊人的发现改变了世界的面貌，也引起人们思想观念、思维方式上的革新，其中亦包括文学观念的变革。

艺术家们在作品中所表现出来的迷惘和强烈的实验倾向显然是受到了现代科学思想的冲击。艺术家们对现象世界产生了怀疑，世界被扭曲和变形，这一点在达利怪诞的雕塑中得到生动表现。而尤奈斯库《秃头歌女》中多年的夫妻所发出的“你是谁”的疑问则尖锐地表现出人与人之间的交流危机。文学创作上时空观念的改变就在一定程度上受到爱因斯坦相对论潜移默化的影响。以往人们常将时间的发展视为线性的、不断伸展的、不可逆的，因而

小说往往展现为在一定的时间序列中不断绵延展开的事件或人物，传统的时空观受到相对论的冲击之后有了新的发展，而新的时空观很快在新的小说样式中得到反映：在魔幻现实主义小说中，时空的界限被打破，现实与非现实的东西交织在一起；在许多超现实主义的小说中，我们还能见到时间的分割、时间的变形等。

同时，我们也应看到自然科学对文学的影响的有效性和局限性。不可否认，自然科学对文学的影响和冲击将有助于拓宽文学的视野、丰富文学研究的方法。而真正能对文学发生影响的自然科学理论必须同时具有先进深刻的哲学意义或方法论上的参考价值，这种哲学意义或方法论才是自然科学作用于文学的主要因素。

三、电子计算机与文学革命

电子计算机的迅猛发展给世界带来的变化是巨大的，计算机、多媒体以及互联网等作为“信息高速公路”的前驱，已深入到社会的方方面面，它们的发展和应用给人们的生活方式乃至生存方式带来了深刻的影响。

（一）电子计算机与文学创作

“换笔”是作家运用计算机的开端，在电脑上书写不仅使作家的书写方式发生变化，而且影响到作家的创作方式和思维方式。当越来越多的作家在为自己成功地进入电子时代庆幸时，他们也或多或少地意识到这种改变给自己的创作带来的变化。“换笔”为文学创作提供了新的手段，键盘输入改变了手写的一次性，使修改变得非常容易，因而也越来越经常化，于是构思和写作趋向于同步，此外，输入法的特点使谐音、多义乃至符号语言的运用在作品中屡见不鲜。

就文学与计算机的关系而言，更深层的革命是如何运用计算机进行文学创作的问题。我们已经看到，计算机为绘画、音乐提供了新的发展空间，文学如何走进计算机，如何像创作三维动画、电子音乐一样，用电脑创作出诗歌、小说，这是20世纪末人们不断思考和研究的问题，如今这些正在变成现实。新的创作软件正在研制过程中，人机对话、任意进入、多重结尾等尝试改变着文学创作的结构模式，电脑小说、电脑诗歌将指日可待。当然，这种创作软件的出现并不意味着作家可以被取代，作家创作与电脑创作将并行不悖，竞放异彩。

（二）文学与网络的相遇

网络信息技术的发展使文学的载体出现了一次新的革命，它又一次冲击纸质文学，催生了一种新的文学形态——网络文学。

在网络技术支撑下产生的网络文学，使世界各地的文学产品共生于一个载体之中。网络文学以其全新的技术特征，形成了不同于传统书面文学的新特点。网络文学带来了创作主体的变化。在网络上，人人都成了文学创作的参与者，人人都可以在网上发表作品，或者读写、批评和修改作品，作者与读者的界限日趋接近，创作由专业化走向平民化。这种创作主体的改变给文学又带来了一些新的因素，审美趣味变得多元化、私人化，并形成一种简洁的、时尚的、符号性的网络语言。同时，网络作品不再是稳定的存在，而是流动的、永未完成的。这种新文学样式在不断冲击着既有的文学创作规则的同时，也在不断开拓着文学表现的空间，引起人们对文学存在方式和意义的新的思考。

但由于网络文学的相对创作自由，致使网络作品良莠不齐，但“大浪淘沙”，网络文学只有在合理监管下才能良性发展。对传统的纸质文学而言，虽然网络文学的产生对其产生了很大的冲击，但由于受众的差异，纸质文学仍有其存在空间。网络文学与传统文学的关系将会出现既竞争又融和的格局。

第三节　科学技术优位下的文学与批评

20世纪以来科学技术的迅猛发展对人文科学提出了挑战。高速发展的多媒体、互联网，深刻影响着社会、经济、政治、文化的结构，甚至改变着人类历史的进程。面对高科技，人们在享受其带来的方便和舒适的同时，又对正在逝去的东西产生惆怅、惋惜之情。文学与科学技术之间也存在这种“剪不断、理还乱”的矛盾情结。

一、文学对科学技术的崇尚与反思

美国学者尼古拉·尼葛洛庞蒂写了一本书，叫《数字化生存》，他在书中热情洋溢地为我们描绘了后信息时代人们的生活。他告诉人们在后信息时代，大众传媒正演变成个人化的双向交流，电脑对个人的一切了如指掌，包括个人的怪癖和生命中的偶发事件：

举个例子，你的电脑会根据酒店代理人所提供的信息，提醒你注意某种葡萄酒或啤酒正在大减价，而明天晚上要来作客的朋友上次来的时候，很喜欢喝这种酒。电脑也会提醒你，出门的时候，顺道在修车厂停一下，因为车子的信号系统显示该换新轮胎了。电脑也会为你剪下有关一家新餐馆的评论，因为你十天以后就要去餐馆所在的那个城市，而且你过去似乎很赞同写这篇报道的美食家的意见。①

当人们读到这些文字，心里涌出的不知是欣喜还是无奈。

（一）文学对科学技术的崇尚

文学对科学技术的崇尚首先表现在文学研究和文学批评上。20 世纪出现的形式主义批评深受现代科学意识的影响，结构主义文学批评就是主张将科学方法运用于人文科学的一种批评理论。结构主义文学批评以叙事文本的形式为研究对象，超出表层的经验描述，努力探求其内部各因素的组合和转换规律，寻求文学的整体性和系统性。列维-施特劳斯对神话的研究，托多洛夫对《十日谈》的研究等就是代表，他们的分析方法是从现象背后找出文学的深层结构，并力图用符号表达出来，由此表现出文学研究朝着科学化发展的决心。

科学技术的发展也影响到当下人们的审美观和创作方式，小说由传统的"写什么"转变为"如何写"就是这一趋势的体现。追求技巧已成为小说家职业身份的重要标志，小说变得越来越像作家炫耀才智、读者经受考验的一门技术，法国新小说和我国的先锋小说就是这类文学的代表。作家们把叙述方式作为叙述对象，将技巧即小说写作中的技术层面置于突出位置，有的甚至把它当作小说存在的唯一理由。

---

① 尼古拉·尼葛洛庞蒂：《数字化生存》，胡冰、范海燕译，海南出版社，1997，第 193 页。

(二)文学对科学技术的反思

人们在为高科技带来的新生活欢呼之时,也深刻地感受到工业化对文学艺术的冲击,并开始对这一现象进行反思和批判。随着现代艺术制作日益要求大规模的系统管理和经济核算,艺术生产就像经济生产部门一样,越来越依赖科学技术装备。技术进步成为支配艺术发展倾向的纲领,而这种机械复制性的生产是与文学的独创性、新颖性、陌生化和先锋性相悖的,文学正被标准化和模式化侵蚀。

在大规模机械复制兴起后不久,本雅明就注意到并力图概括这种现象。他指出,在现代资本主义生产条件下,技术对艺术的入侵不仅表现为艺术地位的下降,更表现为文学艺术作品已和许多其他部门一样,日益成为一门先进的机器制造业,具备了商业活动的众多特性。作家"独立创作"和伟大的创造力由于受到市场规律的强大支配,日益混同于现代工厂的流水线生产。复制与以往的手工制作不同,能制造出无数摹本,并完全抹杀这些摹本与真品之间的区别,以至于摹本可以代替原作,这使得笼罩在传统艺术上的审美的光晕日益退去,艺术失去了其独特性与永久性,而成为暂时的和可复制的。本雅明看到的和批判的还只是文学艺术在工业社会中的境遇,后工业社会中的艺术的拼贴和复制较之以往有过之而无不及。在高科技语境下文学艺术向何处去,这是文学理论家包括比较文学学者需要认真思考的问题。

二、文学对科学技术的担忧

当代科学技术的力量是巨大的,科学技术增进人类的幸福的同时,也给我们生存的地球带来了种种危机，引发人们的担忧。人们担心核武器会毁灭人类，因人造的计算机或机器人有朝一日可能控制人类而忧心忡忡，特别是对生物学的突破性进展带来的克隆技术等对传统伦理关系的冲击等感到困惑。表现在文学上，就出现了千奇百怪的科幻小说、科幻电影，它们向人们展示了科学技术异化为人所不能控制的力量时，人所面临的悲惨前景。

刘慈欣的小说《流浪地球》展示了未来人们居住的环境，地球已经变成一个死气沉沉的、贫瘠的、受到污染的星球，清新的空气、洁净的水和美丽的风景都消失了。

克隆技术的出现无异于打开了潘多拉的盒子。当这项技术被运用于人类，制造出和某个人外貌完全相同、身体条件非常相似的个体时，人的尊严和独立性何在，将成为一个很难回答的问题。科幻作品表现出的严重的危机意识是给人们的必要的警示，它提醒人们要关爱我们的家园，遏止盲目发展，我们需要的是一个更加人道和合理的社会发展模式。

人文精神和科学技术是支撑人类社会发展的两翼，缺少其中的任何一翼，人类生活都是不完美的，比较文学要做的是在人文与科学技术之间寻找一个平衡的支点。

三、文学虚构、文学想象与科学技术进步

科学技术的发展，为文学创作提供了浩瀚无际的虚构与想象的空间。同时，文学想象有时又会预示着自然科学的下一个发展目标。

科幻文学的产生和发展，离不开科学技术的进步。

1863年，一部名叫《气球上的五星期》的小说在法国问世，它的作者叫儒勒·凡尔纳，后来被誉为“科幻小说之父”。他十一岁时就立志远航，但迫于

家庭的阻挠而不得不保证只躺在床上在幻想中旅行。在这部作品中，凡尔纳充分调动了自己的艺术想象，别出心裁地描写了一名探险家弗格森博士乘坐气球飞越非洲大陆，进行科学探险的故事，通过文学虚构与文学想象实现了人类永恒的梦想——飞翔。

凡尔纳在一次讲话中颇有预言性地指出：

> 气球如何才能应付速度达到每秒钟六到八米的气流呢？这只是个梦而已。我相信，如果这个问题能解决的话，那么答案一定是一种比空气重的机器，它遵循的将是鸟类飞行的原理——虽然比空气重，但却依然可以飞行。[①]

令人欣慰的是，凡尔纳在小说中所虚构和想象的情景，在讲话中的大胆预言，竟然在几十年后变成了现实！1903 年 12 月 17 日，当莱特兄弟制造的第一架飞机——飞行者一号进行了具有伟大历史意义的飞行时，不但真正实现了人类在天空翱翔的梦想，而且揭开了人类征服天空的崭新的一页，同时也标志着航空飞机时代的来临。

思考题

如何理解科学技术与文学的关系？

① 郑军：《科幻小说——真相与预言》，东方出版社，2003，第 5 页。

主要参考书目

[1] 巴金.巴金全集[M].北京:人民文学出版社,1993.

[2] 蔡先保.文学与其他艺术比较研究[M].武汉:武汉测绘科技大学出版社,1998.

[3] 曹顺庆.比较文学论[M].成都:四川教育出版社,2002.

[4] 曹顺庆.比较文学史[M].成都:四川人民出版社,1991.

[5] 曹顺庆.比较文学学[M].成都:四川大学出版社,2005.

[6] 曹顺庆.比较文学学科理论研究[M].成都:巴蜀书社,2001.

[7] 曹顺庆.东方文论选[M].成都:四川人民出版社,1996.

[8] 曹顺庆.跨文化比较诗学论稿[M].桂林:广西师范大学出版社,2000.

[9] 曹顺庆.世界文学发展比较史[M].北京:北京师范大学出版社,2002.

[10] 曹顺庆.中外比较文论史[M].济南:山东教育出版社,1998.

[11] 曹顺庆.中外文学跨文化比较[M].北京:北京师范大学出版社,2000.

[12] 曹顺庆.中西比较美学文学论文集[M].成都:四川文艺出版社,1985.

[13] 曹顺庆.中西比较诗学[M].北京:北京出版社,1988.

[14] 曾小逸.走向世界文学:中国作家与外国文学[M].长沙:湖南人民出版社,1985.

[15] 陈悖,刘象愚. 比较文学概论[M].北京:北京师范大学出版社,2000.

[16] 陈悖,孙景尧,谢天振. 比较文学[M].北京:高等教育出版社,1997.

[17] 陈建华.二十世纪中俄文学关系[M].北京:高等教育出版社,2002.

[18] 陈建中.美国诗歌与日本文化[M].西安:陕西人民教育出版社,1993.

[19] 陈良运. 中国诗学体系论[M]. 北京:中国社会科学出版社,1992.
[20] 陈鹏翔. 主题学研究论文集[M]. 台北:台湾东大图书公司,1983.
[21] 陈平原,夏晓虹. 二十世纪中国小说理论资料[M]. 北京:北京大学出版社,1989.
[22] 陈蒲清. 古代中朝文学关系史略[M]. 长沙:湖南人民出版社,1999.
[23] 陈铨. 中德文学研究[M]. 北京:商务印书馆,1936.
[24] 陈守成. 中国民族文学与外国文学比较[M]. 北京:中央民族学院出版社,1989.
[25] 陈挺. 比较文学简编[M]. 上海:华东师范大学出版社,1986.
[26] 陈元恺. 二十世纪中国文学与世界[M]. 西安:陕西人民出版社,1987.
[27] 成良臣. 外国文学与中外文学比较论[M]. 成都:四川人民出版社,2001.
[28] 狄兆俊. 中英比较诗学[M]. 上海:上海外语教育出版社,1992.
[29] 范伯群,朱栋霖. 1898—1949 中外文学比较史[M]. 南京:江苏教育出版社,1993.
[30] 方汉文. 比较文学基本原理[M]. 苏州:苏州大学出版社,2002.
[31] 干永昌. 比较文学研究译文集[M]. 上海:上海译文出版社,1985.
[32] 高旭东. 比较文学与二十世纪中国文学[M]. 北京:人民文学出版社,2002.
[33] 高旭东. 生命之树与知识之树:中西文化专题比较[M]. 石家庄:河北人民出版社,1989.
[34] 戈宝权. 中外文学因缘:戈宝权比较文学论文集[M]. 北京:北京出版社,1992.
[35] 辜正坤. 中西诗鉴赏与翻译[M]. 长沙:湖南人民出版社,1998.
[36] 古添洪,陈慧桦. 比较文学的垦拓在台湾[M]. 台北:台湾东大图书公司,1976.

[37] 顾国柱.比较文学论丛[M].北京:国际文化出版公司,1997.
[38] 顾颉刚.孟姜女故事研究集[M].上海:上海古籍出版社,1984.
[39] 郭沫若.英诗译稿[M].上海:上海译文出版社,1981.
[40] 郭绍虞.中国历代文论选[M].上海:上海古籍出版社,1979.
[41] 郭廷礼.中西文化碰撞与近代文学[M].济南:山东教育出版社,1999.
[42] 何云波.跨越文化之墙:当代世界文化与比较文学[M].长沙:湖南人民出版社,2004.
[43] 季羡林.比较文学与民间文学[M].北京:北京大学出版社,1991.
[44] 季羡林.佛教与中印文化交流[M].南昌:江西人民出版社,1990.
[45] 金吾伦.跨学科研究引论[M].北京:中央编译出版社,1997.
[46] 金丝燕.文学接受与文化过滤:中国对法国象征主义诗歌的接受[M].北京:中国人民大学出版社,1994.
[47] 蓝凡.中西戏剧比较论稿[M].上海:学林出版社,1992.
[48] 乐戴云,叶朗,倪培耕.世界诗学大辞典[M].沈阳:春风文艺出版社,1993.
[49] 乐黛云,陈跃红.比较文学原理新编[M].北京:北京大学出版社,1998.
[50] 乐黛云,张辉.文化传递与文学形象[M].北京:北京大学出版社,1999.
[51] 乐黛云.比较文学简明教程[M].北京:北京出版社,2003.
[52] 乐黛云.比较文学与比较文化十讲[M].上海:复旦大学出版社,2004.
[53] 乐黛云.比较文学与中国现代文学[M].北京:北京大学出版社,1987.
[54] 乐黛云.比较文学原理[M].长沙:湖南文艺出版社,1988.
[55] 乐黛云.中西比较文学教程[M].北京:高等教育出版社,1988.
[56] 黎跃进.文化批评与比较文学[M].上海:东方出版社,2002.
[57] 李万钧.中西文学类型比较史[M].福州:海峡文艺出版社,1995.
[58] 李泽厚.美学论集[M].上海:上海译文出版社,1980.

[59] 梁工，卢永茂.比较文学概观[M].郑州：河南大学出版社，1999.
[60] 梁宗岱.诗与真·诗与真二集[M].北京：外国文学出版社，1983.
[61] 廖鸿钧.比较文学手册[M].成都：四川人民出版社，1987.
[62] 刘介民.比较文学方法论[M].天津：天津人民出版社，1993.
[63] 刘介民.比较文学译文选[M].长沙：湖南人民出版社，1984.
[64] 刘若愚，田守贞.中国的文学理论[M].饶曙光，译. 成都：四川人民出版社，1987.
[65] 刘圣效.比较文学概论[M].长沙：湖南人民出版社，1989.
[66] 刘献彪，刘介民.比较文学教程[M].北京：中国青年出版社，2001.
[67] 刘献彪.比较文学及其在中国的兴起[M].南宁：广西人民出版社，1986.
[68] 刘献彪.比较文学自学手册[M].长沙：湖南文艺出版社，1986.
[69] 刘献彪.简明比较文学教程[M].北京：文津出版社，1990.
[70] 刘小枫.拯救与逍遥：中西方诗人对世界的不同态度[M].上海：上海人民出版社，1988.
[71] 卢康华，孙景尧.比较文学导论[M].哈尔滨：黑龙江人民出版社，1984.
[72] 卢善庆.近代中西美学比较[M].长沙：湖南出版社，1991.
[73] 卢善庆.中国近代美学思想史[M].上海：华东师范大学出版社，1991.
[74] 鲁迅.中国小说史略[M].北京：人民文学出版社，2006.
[75] 孟华.比较文学形象学[M].北京：北京大学出版社，2001.
[76] 孟庆枢.日本近代文艺思潮与中国现代文学[M].长春：时代文艺出版社，1992.
[77] 孟昭毅.比较文学探索[M].长春：吉林大学出版社，1992.
[78] 孟昭毅.比较文学通论[M].天津：南开大学出版社，2003.
[79] 钱谷融.文艺心理学教程[M].上海：华东师范大学出版社，1991.
[80] 钱冠连.汉语文化语用学[M].北京：清华大学出版社，2002.

[81] 钱林森. 法国作家与中国[M]. 福州:福建教育出版社,1995.

[82] 钱念孙. 文学横向发展论[M]. 上海:上海文艺出版社,1989.

[83] 钱钟书. 管锥编[M]. 北京:中华书局,1979.

[84] 钱钟书. 谈艺录[M]. 北京:中华书局,1984.

[85] 饶芃子,王琢. 中日比较文学研究资料汇编[M]. 北京:中国美术学院出版社,2002.

[86] 饶芃子. 文学批评与比较文学[M]. 广州:花城出版社,1991.

[87] 饶芃子. 中西比较文艺学[M]. 北京:中国社会科学出版社,1999.

[88] 孙景尧. 简明比较文学[M]. 北京:中国青年出版社,1988.

[89] 孙景尧. 简明比较文学:"自我"和"他者"的认知之道[M]. 北京:中国青年出版社,2003.

[90] 孙景尧. 新概念、新方法、新探索:当代西方比较文学论文集[M]. 桂林:漓江出版社,1987.

[91] 汪晖. 汪晖自选集[M]. 南宁:广西师范大学出版社,1997 .

[92] 汪介之,陈建华. 悠远的回响:俄罗斯作家与中国文化[M]. 银川:宁夏人民出版社,2002.

[93] 汪介之,唐建清. 跨文化语境中的比较文学[M]. 南京:译林出版社,2004.

[94] 王富仁. 鲁迅前期小说与俄罗斯文学[M]. 西安:陕西人民出版社,1983.

[95] 王季思. 中国十大古典悲剧选[M]. 上海:上海文艺出版社,1982.

[96] 王锦厚. 五四新文学与外国文学[M]. 成都:四川大学出版社,1989.

[97] 王宁,钱林森. 中国文化对欧洲的影响[M]. 石家庄:河北人民出版社,1999.

[98] 王宁. 比较文学与当代文化批评[M]. 北京:人民文学出版社,1990.

[99] 王润华. 比较文学理论集[M]. 台北:台湾成文出版社,1980.

[100] 王润华.中西文学关系研究[M].台北:台湾东大图书公司,1978.
[101] 王向远.比较文学学科新论[M].南昌:江西教育出版社,2002.
[102] 王向远.中国比较文学论文索引[M].南昌:江西教育出版社,2002.
[103] 王向远.中国比较文学研究二十年[M].南昌:江西教育出版社,2003.
[104] 王晓平.近代中日文学交流史稿[M].长沙:湖南文艺出版社,1987.
[105] 王元化.文心雕龙讲梳[M].上海:上海古籍出版社,1992.
[106] 王佐良.中外文学之间[M].南京:江苏人民出版社,1984.
[107] 韦建国,李继凯,畅广元.陕西当代作家与世界文学[M].北京:中国社会科学出版社,2004.
[108] 温儒敏.中西比较文学论集[M].北京:北京大学出版社,1988.
[109] 吴家荣.比较文学新编[M].合肥:安徽教育出版社,2004.
[110] 伍蠡甫.西方文论选[M].上海:上海译文出版社,1979.
[111] 肖锦龙.中西文化深层结构和中西文学的思想导向[M].北京:中国社会科学出版社,1995.
[112] 肖明翰.大家族的没落:福克纳和巴金家庭小说比较研究[M].桂林:广西师范大学出版社,1994.
[113] 谢天振.比较文学与翻译研究[M].台北:台湾业强出版社,1994.
[114] 谢天振.翻译研究新视野[M].青岛:青岛出版社,2003.
[115] 谢天振.译介学[M].上海:上海外语教育出版社,1999.
[116] 徐师曾.文章辨体序说・文体明辨序说[M].北京:人民文学出版社,1998.
[117] 徐志啸.比较文学与中国古典文学[M].上海:学林出版社,1995.
[118] 徐志啸.中国比较文学简史[M].武汉:湖北教育出版社,1996.
[119] 严绍璗.中日古代文学关系史稿[M].长沙:湖南文艺出版社,1987.
[120] 严云受.诗词意向的魅力[M].合肥:安徽教育出版社,2003.

[121] 杨乃乔.比较文学概论[M].北京:北京大学出版社,2002.
[122] 杨义,陈圣生.中国比较文学批评史纲[M].福州:福建教育出版社,2002.
[123] 杨周翰.攻玉集[M].北京:北京大学出版社,1983.
[124] 杨周翰.镜子和七巧板[M].北京:中国社会科学出版社,1990.
[125] 叶嘉莹.叶嘉莹说词[M].石家庄:河北教育出版社,1997.
[126] 叶嘉莹.王国维及其文学批评[M].石家庄:河北教育出版社,1997.
[127] 叶嘉莹.我的诗词道路[M].石家庄:河北教育出版社,1997.
[128] 叶舒宪.诗经的文化阐释[M].贵阳:贵州人民出版社,1996.
[129] 叶舒宪.文学与人类学:知识全球化时代的文学研究[M].北京:社会科学文献出版社,2003.
[130] 叶舒宪.原型与跨文化阐释[M].广州:暨南大学出版社,2002.
[131] 叶维廉.比较诗学[M].台北:台湾东大图书公司,1983.
[132] 叶维廉.寻求跨中西文化的共同文学规律[M].北京:北京大学出版社,1987.
[133] 叶维廉.中国诗学[M].北京:生活·读书·新知三联书店,1992.
[134] 殷国明.20世纪中西文艺理论交流史论[M].上海:华东师范大学出版社,1999.
[135] 余虹.中国文论与西方诗学[M].北京:生活·读书·新知三联书店,1999.
[136] 郁龙余.中印文学关系源流[M].长沙:湖南文艺出版社,1987.
[137] 郁龙余.中国印度文学比较论文选[M].北京:中国美术学院出版社,2002.
[138] 张法.中西艺术的文化精神[M].北京:北京大学出版社,1994.
[139] 张汉良.比较文学理论与实践[M].台北:台湾东大图书公司,1986.

[140] 张隆溪,温儒敏.比较文学论文集[M].北京:北京大学出版社,1984.

[141] 张隆溪.比较文学译文选[M].北京:北京大学出版社,1982.

[142] 张敏.冰点的热度:比较文学和世界文学论集[M].太原:山西人民出版社,2002.

[143] 张铁夫.新编比较文学教程[M].长沙:湖南人民出版社,1997.

[144] 张卫中.母语的魔障:从中西语言的差异看中西文学的差异[M].合肥:安徽大学出版社,1998.

[145] 赵毅衡,周发祥.比较文学研究类型[M].石家庄:花山文艺出版社,1993.

[146] 郑树森,周英雄,袁鹤翔.中西比较文学论集[M].台北:台北时报出版社,1980.

[147] 郑树森.文学理论与比较文学[M].台北:台北时报文化公司,1982.

[148] 智量.比较文学三百篇[M].上海:上海文艺出版社,1990.

[149] 周发祥,李岫.中外文学交流史[M].长沙:湖南教育出版社,1999.

[150] 周发祥.西方文论与中国文学[M].南京:江苏教育出版社,1997.

[151] 周发祥.中外比较文学译文集[M].北京:中国文联出版社,1988.

[152] 朱光潜.悲剧心理学[M].北京:人民文学出版社,1984.

[153] 朱光潜.诗论[M].北京:生活·读书·新知三联书店,1984.

[154] 朱光潜.朱光潜全集[M].合肥:安徽教育出版社,1987.

[155] 朱维之,方平.比较文学论文集[M].天津:南开大学出版社,1984.

[156] 朱维之.中外比较文学[M].天津:南开大学出版社,1992.

[157] 朱希祥.中西美学比较[M].上海:中国纺织大学出版社,1998.

[158] 朱自清.朱自清古典文学论文集[M].上海:上海古籍出版社,1980.

[159] 宗白华.美学散步[M].上海:上海人民出版社,1981.

[160] M.怀特.分析的时代[M].杜任之,译.北京:商务印书馆,1986.

[161] 埃斯卡皮. 文学社会学[M]. 王美华,王沛,译. 合肥:安徽文艺出版社,1987.
[162] 艾田蒲. 中国之欧洲[M]. 许钧,钱林森,译. 郑州:河南人民出版社,1999.
[163] 爱克曼. 歌德谈话录[M]. 朱光潜,译. 北京:人民文学出版社,1982.
[164] 本雅明. 机械复制时代的艺术作品[M]. 王才勇,译. 南京:江苏人民出版社,2006.
[165] 别林斯基. 别林斯基论文学[M]. 上海:新文艺出版社,1958.
[166] 勃兰兑斯. 十九世纪文学主流[M]. 李宗杰,译. 北京:人民文学出版社,1997.
[167] 布鲁姆. 影响的焦虑[M]. 徐文博,译. 上海:生活·读书·新知三联书店,1989.
[168] 布吕奈尔. 什么是比较文学[M]. 葛雷,张连奎,译. 北京:北京大学出版社,1989.
[169] 成中英. 论中西哲学精神[M]. 北京:东方出版中心,1991.
[170] 大冢幸男. 比较文学原理[M]. 陈秋峰,译. 西安:陕西人民出版社,1985.
[171] 迈纳. 比较诗学[M]. 王宇根,译. 北京:中央编译出版社,1998.
[172] 中共中央编译局. 马克思恩格斯选集[M]. 北京:人民文学出版社,1972.
[173] 卡西尔. 人论[M]. 甘阳,译. 上海:上海译文出版社,1985.
[174] 梵·第根. 比较文学论[M]. 戴望舒,译. 北京:商务印书馆,1985.
[175] 约斯特. 比较文学导论[M]. 廖鸿钧等,译. 长沙:湖南文艺出版社,1988。
[176] 黑格尔. 美学[M]. 北京:商务印书馆,1981.

[177] 雷马克. 比较文学理论集[M]. 王润华,译. 台北:台湾成文出版社,1979.
[178] 亨廷顿. 文明的冲突与世界秩序的重建[M]. 北京:新华出版社,1998.
[179] 基亚. 比较文学[M]. 颜保,译. 北京:北京大学出版社,1983.
[180] 今道有信. 东西方哲学美学比较[M]. 李心峰,译. 北京:中国人民大学出版社,1991.
[181] 李达三,罗钢. 中外比较文学的里程碑[M]. 北京:人民文学出版社,1997.
[182] 李达三. 比较文学研究之新方向[M]. 台北:台湾联经出版事业公司,1978.
[183] 李达三. 现代中西比较文学研究[M]. 刘介民,译. 成都:四川人民出版社,1978.
[184] 李达三. 中西比较文学理论[M]. 刘介民,译. 北京:学苑出版社,1990.
[185] 罗利. 论风格[M]. 北京:商务印书馆,1986.
[186] 洛里哀. 比较文学史[M]. 傅东华,译. 北京:商务印书馆,1985.
[187] 高利克. 中西文学关系的里程碑[M]. 北京:北京大学出版社,1990.
[188] 尼葛洛庞蒂. 数字化生存[M]. 胡冰,范海燕,译. 海口:海南出版社,1997.
[189] 加泰尼奥. 科幻小说[M]. 石小璞,译. 北京:商务印书馆,1998.
[190] 荣格. 心理学与文学[M]. 冯川,译. 北京:生活·读书·新知三联书店,1987.
[191] 凡尔纳. 从地球到月球[M]. 李仓人,译. 北京:中国青年出版社,1979.
[192] 凡尔纳. 地心游记[M]. 杨宪益,闻时清,译. 北京:中国青年出版社,1979.
[193] 威尔斯. 威尔斯科学幻想小说选[M]. 孙宗鲁,孙家新,译. 南京:江苏科

学技术出版社,1980.

[194] 韦勒克,沃伦.文学理论[M].刘象愚,译.北京:生活·读书·新知三联书店,1984.

[195] 韦斯坦因.比较文学与文学理论[M].刘象愚,译.沈阳:辽宁人民出版社,1987.

[196] 维科.新科学[M].朱光潜,译.北京:人民文学出版社,1968.

[197] 维特根斯坦.逻辑哲学论[M].郭英,译.北京:商务印书馆,1985.

[198] 维谢洛夫斯基.历史诗学[M].天津:百花文艺出版社,2003.

[199] 伊瑟尔.虚构与想象:文学人类学疆界[M].陈定家,汪正龙,译.长春:吉林人民出版社,2003.

[200] 锡德尼.为诗辩护[M].钱学熙,译.北京:人民文学出版社,1964.

[201] 席勒.审美教育书简[M].冯至,范大灿,译.北京:北京大学出版社,1985.

[202] 谢弗莱尔.比较文学[M].冯玉贞,译.台北:台湾远流出版公司,1991.

[203] 亚里士多德.诗学[M].罗念生,译.北京:人民文学出版社,1962.

[204] 亚里士多德.修辞学[M].罗念生,译.上海:上海译文出版社,1979.

[205] 迪马.比较文学引论[M].谢天振,译.上海:上海译文出版社,1991

[206] 伊藤虎丸.鲁迅、创造社与日本文学[M].孙猛,译.北京:北京大学出版社,1995.

[207] 北京大学比较文学研究所.中国比较文学研究资料:1919—1949[C].北京:北京大学出版社,1989.

[208] 北京师范大学中文系比较文学研究组.比较文学研究资料[C].北京:北京师范大学出版社,1986.

[209] 曹顺庆.迈向比较文学新阶段:中国比较文学学会第六届年会暨国际学术讨论会论文选[C].成都:四川人民出版社,2000.

[210] 湖北美学学会.中西美学艺术比较[C].武汉:湖北人民出版社,1986.
[211] 黄维樑,曹顺庆.中国比较文学学科理论的垦拓:台港学者论文选[C].北京:北京大学出版社,1998.
[212] 黄药眠,童炳庆中西比较诗学体系[C].北京:人民文学出版社,1991.
[213] 乐黛云.多元文化语境中的文学:中国比较文学学会第四届年会暨国际学术讨论会论文集[C].武汉:湖南文艺出版社,1994.
[214] 中国比较文学学会.面对世界:中国比较文学学会第三届年会暨国际学术讨论会论文集[C].贵阳:贵州人民出版社,1991.
[215] 中国比较文学学会.欲望与幻想:东方与西方[C].南昌:江西人民出版社,1991.
[216] 陈青,张颐武.《马桥词典》争议双方正面交锋[J].羊城晚报,1997-01-13.
[217] 陈思和.《马桥词典》:中国当代文学的世界性因素之一例[J].当代作家评论,1997(2).
[218] 党圣元.中国古代文论的范畴和体系[J].文学评论,1997(1).
[219] 韩经太,陶文鹏.也谈中国诗学的"意象"与"意境"说[J].文学评论,2003(2).
[220] 季进.论钱钟书与比较文学[J].文艺理论研究,2001(2).
[221] 马原.作家与书或我的书目[J].外国文学评论,1991(2).
[222] 钱钟书.谈比较文学[J].读书,1981(10).

后　记

本教材面向高等院校的学生，向他们全面介绍比较文学的相关理论、基本知识和研究方法。

为了鼓励学生思考和研究问题，本教材在编排体例上对比较文学所涉及的理论知识进行了浓缩和过滤，力求简明扼要地阐述比较文学的基本理论和研究方法，尽可能让学生在通晓基础知识的同时，有更多时间去思考。希望本教材不仅是陈述知识的载体，更是激发智慧、培养能力的平台，以呼应比较文学在当下的发展，使学生更好地把握全球化时代各民族文学的互视。

在编写过程中，编者坚持“以生为本”的编写理念，一切从教学需要和学生可接受性出发，力求条分缕析，深入浅出，尽最大可能使用通俗、直白、易于理解的口语化的句子，通过朴实平和的叙述讲明道理，在与学生的平等对话中，在轻松、和谐的气氛中，达到传授知识的目的。

“言不尽意”，编者虽尽全力编写，但不足之处一定很多，希望专家和读者多加指正，以便今后进一步改进和完善。

蒋　丽

2022 年 2 月